낙원과 결핍

다른 시선으로 만나는 현대시의 즐거움

낙원과 결핍

다른 시선으로 만나는 현대시의 즐거움

초판 1쇄 인쇄 2024년 2월 15일
초판 1쇄 발행 2024년 2월 26일

지은이 금동철
발행인 권윤삼
발행처 (주)연암사

등록번호 제2002-000484호
주 소 서울시 마포구 월드컵로165-4
전 화 02-3142-7594
팩 스 02-3142-9784

ISBN 979-11-5558-118-6 03800

값은 뒤표지에 있습니다. 잘못된 책은 바꿔드립니다.

연암사의 책은 독자가 만듭니다. 독자 여러분들의 소중한 의견을 기다립니다.
트위터 @yeonamsa
이메일 yeonamsa@gmail.com

다른 시선으로 만나는 현대시의 즐거움

낙원과 결핍

금동철 지음

 연암사

서문

시를 읽는다는 것이 고상하기는 하지만 특이한 사람들의 이상한 취미처럼 바뀐 시대를 살고 있습니다. 산문의 시대를 넘어 영상의 시대로 완전히 옮겨왔고, 그조차도 거대한 서사의 흐름보다는 짧은 동영상에 서서히 매몰되어가는 시대입니다. 한 편의 시를 통해 시인이 느꼈던 감성의 세밀한 흐름을 온몸으로 느끼는 시대는 사람들의 기억 한구석에나 겨우 자리를 차지할 정도의 구시대의 유물 같습니다.

이런 시대에 시를 읽는 방법을 모색하는 책을 낸다는 것은 쉽지 않은 일입니다. 신학교에서 학생들에게 교양으로 문학을 가르치면서 느끼는 즐거움 중의 하나는, 그래도 아직은 강의를 듣는 학생들

중에 시를 좋아하는 사람들이 있고 시에 대해 질문을 하는 이들이 남아 있다는 점이었습니다. 그들의 질문을 받을 때면 '아직은 시가 완전히 외면받아 사라진 것은 아니구나' 하는 안도감을 누리곤 합니다. 이 책은 아직도 시를 읽는 즐거움을 잃지 않은 이들을 위한 작은 안내서이고자 합니다.

이 책을 쓸 때 저는 두 가지에 초점을 두었습니다. 하나는 현대시를 기독교적 관점에서 읽어 보는 것이고, 다른 하나는 한 편의 시를 가능한 한 편안하면서도 꼼꼼하게 읽어 보는 것입니다. 우선 이 책에서 다루고 있는 시편들은 한국 현대 서정시 중에서 기독교적 세계관을 바탕에 깔고 있는 시들입니다. 기독교적 서정시라는 분류체계를 마련하고, 박두진, 박목월, 김현승, 정지용의 시편들 중 기독교적 세계관에 바탕을 두고 있는 작품들을 집중해서 살펴보았습니다. 시를 기독교적 관점에서 읽어 보면 어떤 결과를 얻을 수 있을지 살펴보는 기회가 될 수 있을 것입니다.

다른 하나는 가능하면 작품을 꼼꼼하고 자세하게 분석하고, 전문적인 용어들을 가능한 한 적게 사용하여 편안하게 서술하고자 하였습니다. 그래도 1장은 논의의 편의를 위해 서정시에 대해 설명하고자 하였기에 시론에서 사용하는 용어들을 많이 사용하였으므로, 이 부분은 가볍게 넘어가도 좋을 것입니다. 보다 많은 사람들이 시를 읽는 즐거움을 회복하는 데 이 책이 도움이 되었으면 좋겠습니다.

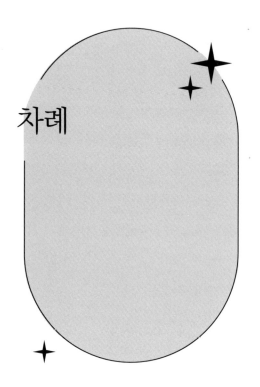

차례

제1장
한국 현대 서정시와
기독교적 자연

서정시에서 자연이란

서정시는 시인의 정서 전달을 목적으로 하는 문학 장르이다. 이 말은 시가 사실이나 사건을 전달하기 위해 애쓰는 장르가 아니라는 말이다. 아리스토텔레스는 문학을 인생의 모방[1]이라고 말했다. 문학의 여러 장르 중의 하나인 서정시는 그 중에서도 인간 내면의 정서를 모방하여 시적으로 형상화해 독자에게 전달하는 장르이다. 그리고 시인은 시적인 여러 도구들, 즉 이미지나 구조, 비유, 상징과 같은 여러 요소들을 효과적으로 활용하여 자신의 정서나 생각을 독자에게 전달하여 재미와 감동을 주고자 노력하는 자이다.

---

1) 아리스토텔레스, 『시학』, 천병희 역 (서울: 문예출판사, 2002), 78.

일반적으로 역사나 과학은 객관적으로 일어난 사건이나 사실, 혹은 진실을 서술하는 것을 목적으로 하는 진술이지만, 문학은 이와는 다르다. 문학은 작가가 자신만의 독특한 시각으로 바라보고 해석하는 이 세계의 진리 혹은 진실을 서술하고 전달하는 것을 목적으로 한 서술이다. 다시 말해 문학은 작가의 시각으로 읽어낸 '있을 법한 진실'을 그려내고 전달하는 진술이라는 말이다.

문학 내에서도 장르에 따라 전달하는 내용과 방법이 조금씩 다르다. 소설은 화자가 경험한 사건을 전달하는 형식을 취한다. 작가는 상상력을 발휘하여 사건을 만들어내고 그것을 화자의 입을 빌어 독자에게 전달하는 것이다. 그리고 극은 전달하고자 하는 사건을 청중들 앞에 재현해서 보여주는 형식으로 전달된다. 이렇게 보면 소설이나 극은 전달되는 형식으로 볼 때 작가의 외부에서 일어나는 사건을 전달하므로 서정시보다는 객관적인 형태를 취하는 것으로 볼 수 있다.

서정시는 본질적으로 자아의 정서를 표출하고 전달하는 것을 목표로 하는 장르이다.[2] 시인은 자신의 내면에서 일어나는 다양한 정서를 시적 자아의 입을 빌어 시의 형태로 풀어놓는 사람이다. 그래서 서정시는 소설이나 극보다 주관적인 성격이 강해서 주관적인 장

---

2) 디이터 람핑, 『서정시: 이론과 역사』, 장영태 역 (서울: 문학과지성사, 1994), 58.

르3)라고 한다. 그만큼 시인이 느끼는 주관적 감정이나 정서는 시에서 중요하다.

서정시에서 시인은 자신의 마음에서 일어나는 주관적인 정서를 독자에게 그대로 직접적으로 전달하지는 않는다. 만약 시인이 느낀 정서를 있는 그대로 감정적 단어들을 사용하여 직접적으로 독자에게 전달한다면, 시를 읽는 독자는 감동을 받기 어려울 것이다. 시인이 기쁨이나 슬픔 같은 감정들을 있는 그대로 '기쁘다', '슬프다' 등과 같은 단어를 사용하여 전달하면, 독자들은 그렇게 전달되는 감정들에 대해 오히려 불편해 하거나 거부감을 느낄 수 있다. 그래서 시인들은 어떻게 그런 정서들을 효과적이고 감동적으로 전달할 수 있을지를 고민하고 연구한다.

일반적인 대화에서도 청자는 자신과 아무런 교감도 일어나지 않은 상태에서 상대방이 '슬프다', '기쁘다'는 말을 하면서 그 감정에 동조하고 공감해 주기를 강요한다면, 거부감이 생길 수밖에 없다. 감정을 강요당하는 느낌이 들기 때문이다. 시에서도 마찬가지이다. 시인은 자신의 정서를 효과적으로 전달하기 위해 다양한 도구들을 사용하여 독자들이 그 정서를 잘 느끼고 공감하여 감동을 받을 수 있도록 만든다. 이런 과정을 효과적으로 달성하지 못하면 그 시는 감동이 없는 시가 되고 생경하고 투박한 시가 된다.

---

3) 오세영, 『문학과 그 이해』 (서울: 국학자료원, 2003), 372.

시는 또한 언어를 효율적으로 사용하기 위해 노력한다. 소설이나 극에 비해 시는 아주 짧은 언어 구조로 이루어져 있다. 이렇게 짧은 표현으로 시인이 전달하고 싶은 내용을 다 전달해야 하므로 시인은 언어를 효율적으로 쓸 수밖에 없다. 그래서 시인은 적은 양의 언어로 많은 정보를 전달하고자 애쓰는 사람들이다.

하나의 문장으로 한 가지 정보를 전달한다면 그 정보는 정확하게 전달될 수 있을 것이다. 그런데 하나의 문장으로 여러 가지 정보를 전달할 수 있다면 그 문장은 효율적으로 사용된 것이라고 하겠다. 시는 바로 이러한 효율을 추구한 언어 구조물이다. 시어가 가진 중요한 특징 중의 하나인 함축성은 이러한 측면을 말한다. 시는 이렇게 한 가지 표현 속에 여러 가지 의미를 한꺼번에 내포할 수 있도록 만들어 놓은 언어 구조물이다.

독자들이 시를 읽는 과정에서 누리는 즐거움에는 여러 가지 요소들이 있는데, 그 중의 하나가 시 속에 함축되어 있는 여러 가지 의미를 읽어내고 해석하는 과정에서 누리는 즐거움이다. 시인은 짧은 시의 표현 속에 여러 가지 의미들을 함축적으로 넣으면서 그것을 읽어낼 수 있는 여러 가지 단서나 장치들을 함께 숨겨놓는다. 좋은 독자는 그런 단서나 장치들을 찾아내고 따라 들어가서 시에 감춰놓은 여러 가지 의미들을 읽어내면서 해석의 즐거움을 누린다. 그런 과정에서 시의 언어는 경제적인 언어, 효율적인 언어가 된다.

감정을 생경하고 투박하게 있는 그대로 표현하는 어휘들은 직접적으로 그 감정만 표현할 뿐 그 속에 다양한 의미를 내포한 함축적인 표현으로 다가오지는 않는다. '슬프다', '기쁘다'는 감정을 그대로 사용한다고 독자가 자연스럽게 공감하지는 않는다. 그래서 이런 어휘나 표현들은 풍성한 의미를 지니고 다양하게 해석될 수 있는 함축적 시어가 되기 어렵다. 이렇게 되면 독자들은 시를 해석하는 과정에서 즐거움과 감동을 얻을 수 없게 되고, 그런 시를 좋지 못한 시로 인식하게 되는 것이다.

시인들은 이것을 누구보다 예민하게 느끼는 자들이어서, 이런 사태를 막기 위해 다양한 언어적 장치나 도구, 방법들을 적극적으로 활용한다. 비유나 상징들을 사용하고, 이미지들을 효과적으로 활용하며, 다양한 언어적 장식이나 시적인 표현들을 시에 끌고 들어온다. 슬프거나 기쁘다는 감정을 느낄 수밖에 없는 상황이나 환경을 묘사하거나 비유를 사용하여 독자가 그러한 정서에 쉽게 공감할 수 있도록 만든다. 이렇게 보면 시인이라는 존재는 다양한 시적 도구들을 통해 자신의 정서를 여과하여 독자들이 감동받기 좋은 모양으로 잘 포장하여 효과적으로 전달하는 자들이라고 할 수 있다.

이런 여러 가지 시적 도구들 중에서 이미지는 중요하게 사용된다. 시인은 시에서 다양한 이미지를 사용하여 이런 정서를 효과적으로 전달하고 싶어 한다. 이미지는 시를 만들어가는 중요한 요소 중의 하나이면서, 시인의 정서를 전달하는 매우 효율적이고도 훌륭한 그릇이다.

독자들은 시를 통해 전달되는 이미지를 자기 경험이나 지식에 기초하여 다시 해석하고, 이 과정을 통해 시인이 전달하고 싶어 하는 정서를 다시 체험한다. 이 해석의 과정에는 시만이 가지고 있는 표현법과 문법을 해독할 수 있는 능력이 필요하다. 시인이 이미지를 형상화하는 과정에서 사용한 다양한 장치들을 해체하고 들어가, 그 속에 함축되어 있는 여러 층위의 의미들을 가능한 한 다양하게 읽어 낼수록 그 시는 더욱 풍성하게 독자에게 다가온다. 그러므로 독자가 시에서 활용되는 이미지를 잘 해석하기 위해서는 이미지를 읽어내는 연습이 필요하다.

시인은 자신이 만나는 세계의 모든 사물들이나 관념까지도 다양한 이미지로 형상화하여 시에 사용한다. 이렇게 사용되는 이미지는 그 사물을 객관적으로 설명하기 위해 사용되는 것이 아니라, 시인의 내적인 정서를 표현하기 위해 사용되는 도구가 된다. 객관적인 지식의 전달을 목적으로 하는 과학적 언어라면 그 사물을 설명하는 정보 자체에 집중하여 서술할 것이다. 그러나 시에서 이미지는 객관적인 정보 전달보다는 시인이 표현하고 싶은 내적 정서를 전달하는 도구로 사용된다.

시인이 바위틈에 어렵게 비집고 자라 있는 소나무 하나를 만나서 감동하면서 그 소나무를 묘사한다고 가정해 보면 이미지의 역할을 쉽게 이해할 수 있다. 시에서 묘사되는 소나무는 하나의 시적인 이미지가 된다. 만약 식물도감 같은 책이라면 그 소나무의 식생과 관련된 여러 가지 설명을 하겠지만, 시인은 그 소나무를 객관적으로 분석하고 설명하기 위해 시에서 사용한 것이 아니다. 그 이미지를 통해 시인이 전달하고 싶은 어떤 정서, 예를 들면 고고함이나 단단한 생명력 같은 것을 표현하기 위해 가져온 것이다. 시인은 시적 구조나 문맥, 다양한 수식어 같은 것들을 활용하여 그 소나무에 자신이 표현하고 싶은 정서를 씌워 놓는다.

이렇게 보면 시적 이미지들은 시인이 마주하는 세계 자체를 객관적으로 서술하거나 탐구하기 위한 것이 아니다. 세계를 객관적으로 서술하는 것은 사전이나 과학적 탐구가 훨씬 유리하다. 시에서 서술되는 여러 이미지들은 시적 구조 안에서 다양한 장치들과 함께 작동하면서 시인의 정서를 전달하기 위해 시인이 의도적으로 선택한 도구이다.

서정시를 말할 때 본질적으로 세계를 자아화하는 장르[4]라고 표현하기도 한다. 시에서 사용된 이미지는 원래는 소나무처럼 자아의 바깥에 있는 사물로, 객관적인 존재였다. 그런데 시에 사용되면 소나무 자체가 고고함 같은 정서를 지닌 존재처럼 묘사된다. 여기서

---

4) 에밀 슈타이거, 『시학의 근본개념』, 이유영, 오영일 역 (서울: 삼중당, 1978), 82. 서정시에 대한 대표적인 이론가 중의 한 사람인 에밀 슈타이거는 서정시의 본질적 특징을 세계와 자아 사이의 동일성에서 찾는다. 서정시에서 자아는 세계를 끊임없이 자아의 정서로 덧씌우는 작업을 하게 되는데, 이 과정을 통해 자아는 세계와 동일성을 형성하며, 세계를 자아화하게 되는 것이다. 슈타이거는 이러한 과정을 "회감"이라는 말로 설명하고 있다.

형상화되는 '고고함' '단단한 생명력' 같은 정서는 사실 시인이 그 소나무를 보면서 느낀 정서인데, 그것을 마치 그 소나무 자체가 지니고 있는 정서처럼 묘사하는 것이다. 이렇게 시에 사용된 여러 사물들은 시인의 정서를 전달하기 위해 선택되어 자아의 내면 정서와 동일한 감정 혹은 정서를 지닌 이미지로 표현된다. 시인이 바라보고 묘사하는 대상이 시인의 정서와 동일한 정서를 지닌 이미지가 되는 것이다.

어느 날 아침에 잔잔히 내리는 비를 만난 경우를 생각해 보자. 시인은 이 비를 어떤 경우에는 촉촉하게 대지를 적시는 푸근한 비라고 묘사할 수도 있고, 하늘도 슬퍼서 흘리는 눈물이라고 묘사할 수도 있다. 사실 비는 그저 내릴 뿐이지만, 그것을 바라보는 시인의 시선이 푸근함을 느끼거나 슬픔을 느끼고 있는 것이다. 이런 시인의 정서를 내리는 비에 덧씌워 놓는 것이 시의 이미지이다. 이 과정을 따라가면 세상의 사물들은 시에 이미지로 사용되는 순간 시인의 정서와 동일해진다. 이것을 세계의 자아화라고 말하는 것이다.

이렇게 보면 서정시에서 사물이 이미지로 사용될 때에는 사물의 모양이나 움직임, 색깔 같은 객관적인 형태보다는 그 사물에 씌우고 싶은 시인의 정서가 중요하다. 시에서 이미지로 사용된 사물이, 시인이 표현하고 싶은 감정 혹은 정서를 담아내기 위해 시인의 정서와 동일해질 때 그 이미지는 성공적인 시적 이미지가 된다. 이것을 자아와 세계 사이에서 일어나는 동일시라고 표현하기도 한다. 독자는 시에 표현된 이런 이미지들을 통해 시인이 전달하고 싶은 정서를 읽어내고 공감하며 동조하게 된다.

서정시에서 형상화되는 자연 이미지는 이러한 과정에서 매우 중요한 역할을 담당한다. 서정시에서는 주로 자연 사물들이 시적 이미지로 많이 활용된다. 그 자연 사물들은 시의 이미지로 활용되는 순간 시인의 내면 정서를 표현하기 위한 도구가 된다. 이 과정에서 자연 이미지는 시인의 정서와 동일해지는 것이다. 이렇게 시인의 정서와 동일해진 자연 이미지는 시인이 세계를 바라보고 이해하며 세계에 대해 반응하는 관점과 동일해졌다고 할 수 있다. 결국 시에 사용된 자연 이미지가 시인의 세계 인식 방식, 즉 세계관을 드러내는 역할을 하는 것이다.

서정시에서 자연 이미지는 시에서 항상 자아[5]의 정서 혹은 시인의 정서의 대응물로 작동하며, 그래서 자아의 정서를 표출하기 위한 도구가 된다. 서정시에 형상화된 자연 이미지를 읽어내는 과정은 그래서 시에 함축되어 있는 다양한 의미들을 해석하는 과정이면서 동시에 시인의 세계관을 읽어낼 수 있는 핵심적인 방법 중 하나가 된다.

---

5) 시에서 말을 하는 화자는 시인과 구분하여 인식할 필요가 있다. 이 둘 사이가 일치하는 경우도 많지만 시인이 의도적으로 자신과 다른 화자를 사용하는 경우도 많다. 그래서 시론에서는 이 화자를 시인과 구분하여 서정적 자아, 시적 자아, 서정적 화자, 시적 화자 등 여러 가지 용어로 부른다. 여기서는 '자아'라고 지칭하기로 한다.

자연 이미지,
세계관을 드러내다

서정시의 자아는 자신의 내적인 정서를 표출하기 위해 자연 사물을 적극적으로 활용하여 시 속에서 이미지로 사용한다. 시에서 서술의 대상으로 사용되는 사물은 다양하다. 세계의 모든 사물들이 시에서 이미지로 활용될 수 있다. 서정시의 자아는 내면적 정서를 직접적이거나 생경한 형태로 표출하지 않고, 이미지를 효과적으로 활용하여 독자들이 쉽게 이 정서에 동조하고 공감할 수 있도록 만든다.

만일 자아의 정서가 있는 그대로 직접적인 단어로 시 속에 등장한다면, 그 시는 해석의 여지가 풍부한 함축적 시가 되지 못한다. 너무 쉽게 속내를 내보여 해석의 여지가 없는 밋밋한 산문 같은 서술이 된다. 이런 시는 시적 긴장이 사라져버린 시라고 할 수 있다.

서정시에서 중요하게 활용되는 이미지 중 대표적인 것이 자연 사물들이다. 다양한 자연 사물들을 서정시의 이미지로 활용하면서 시인은 그것들을 자아의 정서와 동일한 정서를 지닌 존재로 형상화한다. 객관적인 자연 사물이 시의 이미지가 되면서 자아의 정서와 동일한 정서를 지닌 존재로 변하는 것이다. 그래서 이렇게 사용되는 자연 이미지는 자아의 정서를 표출하는 도구일 뿐만 아니라, 시인의 세계관을 드러내는 중요한 요소이기도 하다.

이렇게 보면 서정시에서 이미지는 시인의 내면 정서를 표출하는 도구로 사용되기 때문에 객관적 존재가 될 수 없다. 이미지를 형상화하는 과정에서 시인은 세계를 바라보는 자신의 관점이나 시각을 그 이미지 속에 투영하기 때문이다. 서정시에서 많이 사용되는 자연 이미지 또한 마찬가지이다.

자연 사물을 자아의 정서와 동일시하여 묘사하는 방법은, 사물을 객관적으로 서술하는 사전적인 진술과는 전혀 다른 접근법이다. 어떤 사물에 대해 '좋다/나쁘다'라고 반응하거나 '기쁘다/슬프다'라고 서술하는 것 자체가 그 사물을 바라보는 객관적 서술을 넘어서는 접근법이다. 사물은 여기서 살아있는 존재가 되어 자아의 정서를 대신 표현해 준다. 서정시에 사용된 자연 사물들은 이런 정서화 과정을 거친 이후의 표현이다. 그러므로 서정시 속의 자연 이미지는 자아와 동일하게 느끼고 자아와 동일하게 반응하는 존재로 그려진다. 이 말은 자연 이미지가 자아의 세계관을 대신 드러내고 있다는 말이다.

자아가 정서를 표출하기 위해 시 속으로 가져와 이미지로 활용하는 다양한 자연 사물들은 자아의 내면 정서를 덮어쓰고 형상화되는 과정을 거친다. 이 과정에서 자연 이미지는 자아의 정서와 동일해지고 자아가 세계를 바라보는 눈과 일치하게 된다. 그러므로 자연을 이미지화하는 과정은 자연을 바라보는 자아의 세계관을 표현하고 구체화하는 과정이 된다.

일반적으로 정서나 감정은 세계를 인식하는 태도와 긴밀하게 관련되어 있다. 서정시에 사용되는 이미지들이 정서를 전달하는 도구로 사용된다는 것은 이들 이미지들이 자아의 세계관과 긴밀히 관련되어 있음을 말해 준다. 그러므로 서정시 속에서 자연 이미지는 자아의 세계관을 적극적으로 보여주는 재료로 활용된다. 또한 자아의 존재 방식과 세계관은 그 시의 이면에 있는 시인의 세계관을 드러내는 핵심적 요소이다.

여기서 말하는 세계관이란 "세계의 근본적 구성에 대해 우리가 (의식적으로든 무의식적으로든) 견지하고 있는 일련의 전제(혹은 가정)들"[6] 혹은 "한 집단이 사물의 본질과 관련하여 형성하는 근본적인 인지적, 정서적, 평가적 전제들로, 자기 삶을 정돈하는 데 사용하는 것"[7]

6) 제임스 사이어, 『기독교 세계관과 현대사상』, 김헌수 역 (서울: 한국기독학생회 출판부, 1985), 19.
7) 폴 히버트, 『21세기 선교와 세계관의 변화』, 홍병룡 역 (서울: 복있는사람, 2010), 31.

이다. 다시 말해 세계관은 인간이 세계를 바라보는 안목이며 세계를 인식하고 평가하는 근원적인 시각이라고 할 수 있다.

사람은 누구나 자신의 관점 속에서 세계를 바라보고 사유하며 가치평가하고, 그것을 바탕으로 선택하고 행동한다. 사람이 생각하고 행동하고 가치 판단을 내리고 타인이나 세계와 관계 맺는 모든 방식이 이 세계관으로부터 출발한다.

서정시에서 자아는 시인의 세계관을 읽어낼 수 있게 하는 핵심적인 단서이다. 시인은 자신의 목소리를 직접 드러내어 독자에게 말을 걸지는 않는다. 자아라는 존재를 창조하고 그의 입술을 통해 독자 앞에서 독백하는 것처럼 말을 건네는 형태를 취한다. 이 과정에서 자아는 시인과 동일한 모습을 지니기도 하고 어떤 경우에는 전혀 다른 존재로 형상화되기도 한다. 그럼에도 불구하고 자아는 독자에게 말을 걸기 위해 시인이 의도적으로 창조하고 배치한 시적 장치이기 때문에 시인의 세계관과 긴밀하게 결합되어 있다.

시를 읽는 과정에서 서정시의 시인과 자아를 엄밀하게 구분하는 것은 쉬운 일이 아니지만, 꼭 필요한 과정이기도 하다. 자아의 존재 방식 자체가 시인이 의도적으로 배치해 둔 시적 구조물이기에 시인과 자아를 구분하는 과정을 통해 시인이 표현하고 싶은 바를 보다 정확하게 이해할 수 있게 된다. 독자는 시를 읽는 과정에서 자아의 입장과 태도를 통해 시인의 세계관을 이해할 수도 있고, 시인이 왜 이런 자아를 내세웠을지 생각해 봄으로써 시인의 의도를 읽을 수도 있게 되기 때문이다.

자아는 시인이 만들어낸 존재이면서도 시인의 정서를 효과적으로 표현하기 위한 시적 장치로 작동한다. 그래서 서정시의 자아는 엄밀한 의미에서는 현실 속의 시인과는 구분되는 존재로 시에 형상화된 존재이지만,[8] 결코 시인과 완전히 분리된 객관적 존재가 될 수는 없다. 시인이 자신의 정서를 독자에게 효과적이면서 감동적으로 전달하기 위해 의도적으로 창조하여 시 속에 만들어둔 존재이기 때문이다. 그러므로 시에 형상화된 자아의 세계관은 항상 시인의 세계관에 근거를 두고 있다.

자아는 서정시에서 다양한 이미지들을 통해 세계관을 드러내는 역할을 한다. 서정시는 자아의 시야에 비친 세계를 자신의 관점에서 가치 평가하고 묘사하며 가공하는 자아중심적인 장르라고 할 수도 있다. 자연 사물이 이미지가 되어 서정시 속에서 형상화될 때 자아의 내면 정서와 동일시되어 자아화된 이미지로 형상화된다. 이러한 이미지들은 그러므로 시인의 세계관을 드러내는 중요한 요소이다. 서정시에서 세계는 자아와 분리되어 존재하는 것이 아니라[9] 자아의 정서를 덧입고 자아화된 시적 이미지이기 때문이다.

---

8) 르네 웰렉, "장르 이론 · 서정시 · 체험", 『장르의 이론』, 김현 편, 조광희 역 (서울: 문학과지성사, 1987), 76.

9) 에밀 슈타이거, 『시학의 근본개념』, 80.

서정시에서 자연 이미지가 지닌 의미를 읽어내는 것은 그러므로 시인의 세계관을 읽어내는 중요한 과정이다. 서정시 속에 드러나는 시인의 세계관을 분석하는 일은 서정시를 이해하는 과정에서 꼭 필요하다. 이를 통해 독자는 시인이 전달하고자 하는 정서를 읽고 이해하게 된다. 그러므로 서정시 속에서 자연 이미지가 어떻게 형상화되어 있는지를 파악할 수 있다면 그것을 통해 시인의 세계관을 읽어내고, 보다 풍성하게 시를 읽게 된다.

✦ **3** ✦

기독교적 서정시의 자연관

　서정시 중에서 기독교적 세계관을 담고 있는 시를 기독교적 서정시라고 분류할 수 있다. 기독교적 서정시를 이해하기 위해서는 그 속에 담긴 세계관을 이해하는 것이 필요하다. 서정시에 사용된 자연 이미지를 시에서 형상화하는 과정에서 자아의 세계관이 끊임없이 개입된다. 그러므로 서정시의 특징적인 세계관을 이해하기 위해서는 그 속에 형상화된 자연 이미지를 분석하는 것이 중요하다. 그런 측면에서 보면 기독교적 서정시에 형상화된 자연 이미지들을 기독교적 세계관의 관점에서 분석하는 것은 기독교적 서정시를 이해하는 중요한 출발점이 된다.

　서정시에서 자연 이미지를 정확하게 분석하면, 시인이 자연을 어떤 관점에서 바라보고 어떻게 인식하고 있으며 어떠한 방법으로 수식하고 묘사하는지를 알아볼 수 있다. 이런 과정을 통해 독자는 자연을 바라보는 시인의 자연관이나 세계관을 읽어낼 수 있는 단서를 얻게 된다.

기독교적 서정시 또한 마찬가지이다. 기독교적 서정시에 형상화된 자연 이미지를 면밀히 살펴보면 자연을 바라보는 시인의 관점을 정확하게 이해할 수 있을 뿐만 아니라, 이를 통해 기독교적 서정시의 특징적 요소들을 짚어낼 수 있다. 그러므로 기독교적 서정시에 형상화된 자연 이미지를 꼼꼼히 분석하는 것은, 시인의 세계관을 이해하는 단서가 될 뿐만 아니라 기독교적 서정시의 특징을 이해하는 출발점 중의 하나가 된다.

한 편의 시에 형상화된 자연 이미지는 어떤 경우에는 그 시대의 집단적인 자연 인식 태도로부터 올 수도 있다. 자연이 어떤 가치를 지니고 있는지, 자연에 대한 인식은 어떠한지 살펴보는 과정에서 그 시대와 문화가 지닌 자연에 대한 관점을 배재할 수 없다. 세계관의 많은 부분이 시대와 환경의 영향을 강하게 받기 때문이다.

뿐만 아니라 그 시인이 소속된 집단이 공유하는 특징적인 인식 태도 또한 고려할 필요가 있다. 시인도 시대나 환경과 함께 자신이 속한 공동체와 많은 부분을 공유하는 존재이기도 하기 때문이다. 그러므로 서정시 속에 형상화된 자연 이미지의 정확한 실상을 알아가는 작업은 당대의 의식구조들과 시인의 주된 활동 무대를 함께 고려해야 한다. 시인들도 자신이 살아가고 있는 당대의 시대와 환경과 일반적인 인식의 흐름, 즉 시대 조류에 민감하게 반응하는 사람들이다.

그런데 시를 읽어가는 독자라면 여기서 시인이라는 사람들이 지닌 일반적이면서도 중요한 특징을 함께 고려할 필요가 있다. 시인들은 일반적으로 자신이 살아가고 있는 그 시대와 상황이나 그 당시의 일반 사람들이 생각하는 상식적인 인식 방식을 넘어 자신만의 고유한 관점을 드러내는 것을 주저하지 않고 오히려 적극적으로 추구하는 사람들이다. 자신이 지닌 창조적 본성을 적극적으로 활용하여 자신만의 세계를 만들어 가는 것을 시작 활동의 원동력으로 삼는 사람들이다. 그래서 시인들은 일상적이고 일반적인 차원의 상식적인 인식이나 세계관을 자신의 시세계에 그대로 담는 것을 창조성을 저버리는 행위로 보는 경향이 강하다.

시인들은 자기만의 세계관을 적극적이고 창조적으로 형상화함으로써 다른 사람들이나 다른 시인들과는 다른 자신만의 세계를 만들어 가는 것을 더욱 선호하는 사람들이다. 그러므로 서정시 속에 형상화된 자연 이미지를 정확하게 살펴보기 위해서는 당대의 일반적인 인식 태도나 세계관을 고려할 필요도 있겠지만, 그것과 함께 그 시인만의 세계관이 자신의 시세계에 어떻게 반영되고 있는지를 살펴보는 것이 꼭 필요하다. 그렇게 할 때 그의 시세계를 제대로 온전하게 이해할 수 있다.

기독교적 서정시에는 '낙원으로서의 자연 이미지'와 '결핍으로서의 자연 이미지'라는 두 가지 자연 이미지가 특징적으로 드러난다. '낙원으로서의 자연 이미지'는 자연 사물들이 긍정적이고 풍성하며 안식과 평안의 가치를 지닌 존재로 형상화되는 자연 이미지를 말하며, '결핍으로서의 자연 이미지'는 이와는 상반된 불안하고 부족하며 부정적인 존재로 형상화되는 자연 이미지를 말한다. 기독교적 서정시에는 이러한 두 가지의 자연 이미지 중 어느 한 가지가 형상화되거나 두 가지 이미지가 동시에 한 편의 시에 형상화되기도 한다.

자연을 이렇게 상반된 두 가지 이미지로 형상화하는 것은 기독교적 세계관으로부터 나오는 자연관 덕분에 가능한 일이다. 동일한 자연을 낙원으로 형상화하기도 하고 결핍으로 형상화하기도 하는 태도에는 자연 자체를 절대적인 것으로 보지 않는 관점이 깔려 있다. 기독교적 관점에서 볼 때 자연은 그 자체로 신성한 존재도 아니고, 절대적인 존재도 아니다. 하나님의 피조물 중의 하나이기에 하나님과의 관계에 따라 낙원이 될 수도 있고 결핍의 존재가 될 수도 있다. 기독교적 서정시의 자연 이미지는 바로 이러한 기독교적 자연관에 바탕을 두고 있다.

자연을 풍성하고 여유로운 낙원 이미지로 그리는 것은 전통적인 서정시의 대표적인 특징 중의 하나이기도 하다. 고전시가의 자연 이미지나 그 세계관을 계승하고 있는 전통적 서정시의 자연 이미지는 주로 자연을 풍요롭고 평안한 낙원으로 형상화한다. 자연은 이때 긍정적 이미지로 그려질 뿐만 아니라 심지어 결핍이 없는 완전한 존재로 그려지기도 한다. 이는 자연을 결점이 없는 절대적 존재로 바라보는 관점이기도 하다.

인간은 이런 풍성하고 여유로운 자연 속으로 들어감으로써 자연이 주는 풍성함과 안전함, 평안을 누리기를 희망하는 존재로 형상화된다. 속세의 티끌이 묻은 자아가 완전하고 여유로운 자연 속으로 귀의해서 그 풍성함을 누리는 공간이 전통적인 서정시의 자연 공간이다. 다시 말해 인간은 그러한 자연과의 합일을 통해 그 자연의 풍요와 여유를 함께 공유하고, 이를 통해 결핍으로 힘든 자아의 한계를 넘어서고자 한다.

자연이 부족함을 지닌 결핍의 존재로 그려진다는 것은 이러한 완전성을 부정해야만 가능하다. 자연 공간이 풍요와 안식이 아니라 결핍의 공간으로 인식되면, 인간이 그 자연 속에 들어가도 평안과 안식을 얻을 수 없다. 이것은 자연을 불완전한 존재로 인식하는 것이며, 신성하거나 절대적인 존재로 인정하지 않는 태도이다.

기독교적 서정시의 자연 이미지가 이렇게 낙원으로서의 자연 이미지와 결핍으로서의 자연 이미지로 동시에 형상화된다는 것은 자연 자체를 절대화하거나 신성시하지 않는 태도로부터 기인한다. 이것이 기독교적 서정시의 자연 이미지가 전통적인 서정시의 자연 이미지와는 다른 핵심적인 특징 중의 하나이다. 여기서 기독교적 서정시의 어떤 요소가 자연에 대한 이러한 상반된 이미지를 만들어내는

지를 이해하는 것이 필요하다. 이는 자연을 바라보는 시선, 즉 자연관과 긴밀하게 결합되어 있는 문제이기도 하다.

기독교적 서정시에서 자연 이미지는 자연 그 자체로 존재하는 것이 아니라 항상 그 이면에 절대적인 존재인 신과의 관계 속에서 정의되고 이미지화된다. 다시 말해 이들 시에서 자연 이미지가 지닌 긍정성과 부정성은 항상 자연 너머에 존재하는 초월적 존재인 하나님과의 관계 속에서 규정된다. 자연은 그 자체로 완전한 존재가 아니라, 신의 완전성과 절대성으로부터 오는 풍요로움과 평안을 소유하는 공간이다. 그리고 자아는 자연을 통해 그 너머의 신을 만나고, 신과의 연결을 통해 풍성함과 여유, 안식을 누린다.

기독교적 서정시에서는 자연 자체를 완전한 존재나 절대적인 존재로 보지 않는다. 오히려 초월자로서의 하나님이 지닌 신성을 드러내는 존재로 이미지화되거나, 자아가 신과 맺는 관계의 결과에 영향을 받는 존재로 이미지화된다. 그래서 신과의 관계가 긴밀할 때 자연은 낙원 이미지로 형상화되지만, 그 관계가 단절되면 자연은 결핍과 부정의 이미지로 형상화된다. 서정시에서 자연 이미지는 자아와 동일한 정서를 지닌 이미지로 형상화된다는 것을 고려하면, 기독교적 서정시의 자연 공간이 지닌 이런 두 가지 특징적인 이미지는 결국 자아와 신과의 관계에 의해 결정된다고 하겠다.

그렇다면 기독교적 서정시의 자연 이미지가 보여주는 이런 두 가지 특징적인 양상을 '낙원으로서의 자연'과 '결핍으로서의 자연'이라고 부를 수 있다. 그리고 이러한 두 가지 자연 이미지를 결정하는 핵심 요소를 고려하여 '신과의 관계에 의해 규정되는 자연'이라는 특징을 들 수 있다.

기독교적 서정시에 나타나는 자아의 태도 또한 자연 이미지를 검토하는 자리에서 반드시 언급되어야 할 요소 중의 하나이다. 기독교적 서정시에서 자연을 대하는 자아의 태도는 능동적이기보다는 수동적인 자리에 서 있는 경우가 많다. 이것은 자연 이미지의 두 가지 양태 사이를 움직일 수 있는 힘이 자아로부터 오는 것이 아니라 전적으로 신과의 관계에 의해 규정되는 것이기 때문에 발생하는 현상이다.

기독교적 서정시에서 자아는 자연을 바꾸기 위해 적극적으로 노력하는 존재가 아니라, 신으로부터 주어진 낙원을 받아서 누리는 수동적 자아이다. 다시 말해 사아는 능동직이고 적극적인 자세로 세상을 변화시키거나 구원에 이르기 위해 노력하는 존재로 형상화되지 않는다. 오히려 자아는 수동적으로 그러한 세계를 바라보고 응시하며 하나님으로부터 은혜로 받은 낙원을 누리는 존재이다.

이것은 기독교적인 구원의 과정 혹은 낙원의 회복과 관련된 기독교 신앙의 중요한 측면과 맞물리는 특징이다. 기독교적 관점에서 볼 때 낙원 혹은 천국은 인간의 능동적인 노력을 통해 얻을 수 있는 획득물이 아니라 전적으로 신으로부터 주어지는 은혜의 선물이다. 인간은 전적으로 타락하여 스스로의 힘으로는 구원을 이룰 수도 없고 하나님 나라에 들어갈 수도 없다. 스스로 완전자 혹은 절대자가 되겠다는 생각 자체가 하나님 앞에서 죄를 범하는 것이며, 타락한 인간이 지닌 근원적인 죄의 속성이기도 하다.

오직 예수 그리스도의 십자가 사역을 통해 주어지는 전적인 하나님의 은혜를 통해서만 죄에 빠진 인간이 구원을 얻어 하나님 나라에 이를 수 있다. 하나님의 통치가 온전히 이루어지는 낙원으로서의 자연은 이러한 구원을 통해 이루어진다.[10] 그러므로 인간이 그러한 낙원을 누릴 수 있는 방법은 전적으로 하나님의 은혜에 의존할 수밖에 없다. 이렇게 보면 기독교적 서정시에서 자연을 바라보는 자아의 수동적인 태도는 이러한 신학적 관점과 일치한다. 자아의 수동성은 그러므로 기독교적 서정시에 형상화된 자연을 바라보는 자아의 가장 중요한 태도 중의 하나이다.

이 책에서는 한국 현대 시사에서 대표적인 기독교 시인들이라고 할 수 있는 김현승, 박목월, 박두진, 정지용 등의 시인들이 발표한 기독교적 서정시를 분석 대상으로 삼는다. 이들 네 명의 시들을 통해 기독교적 서정시에 형상화되는 자연 이미지의 중요한 특징들을 찾아볼 것이다. 박목월이나 박두진, 김현승의 경우에는 한국 현대 시사에서 기독교적 세계관을 보여주는 대표적인 시인으로 인정받고 있다.

---

10) 로마서 8장.

박목월의 경우 기독교적 내용을 다루고 있는 서정시를 다수 썼을 뿐만 아니라, 다양한 산문을 통해서도 자신이 기독교인이었음을 주장하고 있으며, 생전에 기독교인으로 생활했던 것을 확인할 수 있다. 뿐만 아니라 기독교적 세계관으로 읽어야 하는 표현들이 그의 시 곳곳에 나타난다. 그러므로 그를 기독교 시인이라고 부를 수 있다.

박두진의 경우에는 초기의 등단작품에서부터 후기의 시 작품에 이르기까지 기독교적 세계관이 선명하게 드러나는 작품들이 많다. 그는 또한 생애 전반에 걸쳐 기독교 신앙을 소유한 시인이었다. 그러므로 그를 기독교적 시세계를 지닌 시인이라고 평가할 수 있다.

김현승 시인의 경우도 마찬가지이다. 그의 시세계 전반에 걸쳐 나타나는 기독교적 사유와 인식 태도는 그의 시 대부분을 기독교와의 관련 속에서 읽도록 만든다. 하나님에 대한 기부감을 드러내는 중기시에서도 김현승 시인은 스스로 기독교적 사유를 벗어나지 않고 있다. 그러므로 이들 세 시인의 경우는 한국 현대 시사에서 기독교적 세계관에 바탕을 둔 서정시를 쓰고 있는 대표적인 시인들이라고 할 수 있다.

정지용의 시세계를 여기에서 다루려면 몇 가지 추가적인 설명이 필요하다. 정지용의 시세계를 논할 때 일반적으로 전위적인 모더니즘을 적극적으로 도입하고 있다거나 전통적인 자연시를 쓰는 시인으로 분류하는 경우가 많다. 그리고 그의 중기시의 일부분만 가톨릭과 관련된 종교시를 쓰고 있다고 평가하기도 한다. 그래서 그의 시세계 전체를 기독교적인 시로 볼 수 있을까 하는 의문이 생길 수 있다. 그러나 정지용의 시세계 전반에 기독교적 세계관이 전제되어 있음을 인정하는 관점도 그의 시세계를 읽어내는 중요한 방법 중의 하나이다.[11]

정지용 시인은 일본 유학 시절에 이미 가톨릭을 접하고 신자가 되었다고 스스로 밝히고 있다. 그리고 그는 1930년대 중반 짧은 시기이기는 하지만 가톨릭 교회에서 발간하는 잡지 『가톨릭 청년』의 주간으로 활동하는데, 이 시기에 기독교적 세계관을 직접적으로 보여주는 다수의 종교시들을 이 잡지에 발표한다.

또 하나 그의 시세계를 평가하는 과정에서 반드시 살펴봐야 하는 것 중의 하나는, 정지용 시인이 1930년대 후반에 쓴 다수의 산문들이다. 이 산문들 속에서 시인은 기독교적인 사유의 흔적들을 강하게 보이고 있다.

정지용 시인이 1939년 『문장』이라는 잡지에 발표한 산문 「시의 옹호」[12]를 보면 이 시기의 시인이 시를 창작하면서 무엇을 중요하게 생각했는지를 알 수 있다. 시인은 시를 쓰는 데 있어서 언어나 문자

---

11) 금동철, 「정지용 후기 자연시에 나타난 기독교적 자연관」, 『한민족어문학』 제51집(2007. 12.); 금동철, 「정지용의 시 〈백록담〉에 나타난 자연의 의미」, 『우리말글』 제45집(2009. 4.) 등 참조.
12) 정지용, 「시의 옹호」, 『정지용 전집 2』 (서울: 민음사, 1988), 243-244.

가 그다지 대수롭지 않다고 주장하면서 "시는 언어의 구성이기보다는 더 정신적인 것의 열렬한 정황 혹은 왕일한 상태 혹은 황홀한 사기"라고 말한다. 그러면서 시인은 "정신적인 것의 가장 우위에는 학문, 교양, 취미 그러한 것보다도 '애(愛)'와 '기도'와 '감사'가 거(據)한다."라고 말하고 있다.

이러한 시인의 표현을 따르면, 시를 쓰는 데 중요한 것은 언어나 문자의 구성이 아니라 정신적인 것을 표현하는 것이며, 그 정신적인 것에는 학문이나 교양, 취미와 같은 여러 가지가 있을 수 있지만, 그중에서 가장 중요한 것은 '사랑'과 '기도'와 '감사'라고 주장하는 것이다. 시인이 언어나 문자의 구성보다도, 학문이나 교양보다도, 기독교 신앙을 더 중요하게 생각한다고 말하는 이 문장은 의미심장하다.

그만큼 이 시기의 정지용 시인은 다른 무엇보다도 기독교 신앙을 중요하게 생각하고 있었음을 알 수 있는 대목이다. 이렇게 보면 정지용 시인이 문단 활동을 하는 시기의 대부분이 기독교와 관련되어 있음이 분명하다. 그렇다면 그의 시세계를 형성하고 있는 핵심적인 세계관을 기독교 신앙이라고 볼 수 있다. 그래서 그의 시를 기독교적 서정시에서 함께 다루고자 한다.

이 책에서 살펴볼 시들은 김현승, 박목월, 박두진, 정지용 시인의 시 중에서 기독교적 세계관에 바탕을 두고 있는 시들이다. 이런 시들을 꼼꼼히 살펴보면 기독교적 서정시의 자연 이미지가 가진 특징을 읽어낼 수 있을 것이다. 그리하다 보면 기독교적 서정시의 핵심적인 요소로 '낙원으로서의 자연'과, '결핍으로서의 자연', '신과의 관계에 의해 규정되는 자연', '수동적 자아'라는 특징이 드러날 것이다.

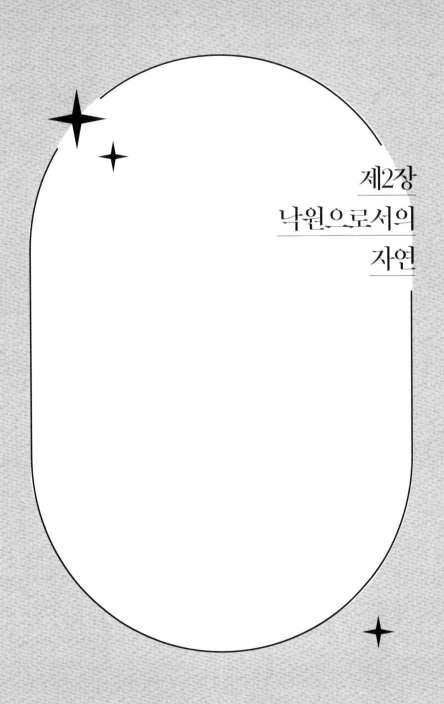

제2장
낙원으로서의
자연

1

화해와 평안의 공간

서정시에 형상화되는 자연 이미지는 자아의 정서를 표현하면서 동시에 자아가 지향하는 세계를 이미지화하는 경우가 많다. 현실 세계 속에서 힘겹게 살아가고 있는 시인은, 자신이 도달하기 원하는 세계를 서정시 속에서 그려냄으로써 내적 만족을 얻는다. 부족과 결핍으로 힘들고 어려운 일상 속에서 힘겹게 살아가는 자아가 자연이라는 풍요롭고 평안한 세계 속으로 들어가는 것도 이 같은 욕망의 표현 기제라고 볼 수 있다.

자아는 일상에서 누리지 못했던 안식과 평안을 서정시에 형상화된 자연 공간 속에서 누리고자 한다. 자아와 세계의 동일시라는 서정시의 중요한 특징은 여기에서도 의미를 지닌다. 서정적 동일시를 통해 자아는 평안하고 안온한 세계에 도달하고 싶은 욕망을 시 속에 풀어놓고 거기서 위안을 얻는다.

사람들이 살아가는 이 세계는 본질적으로 부족과 결핍이 존재할 수밖에 없다. 인간의 시선은 언제나 자신이 소유하고 누리는 것 이상으로 자신이 욕망하는 것을 바라보고 있기 때문이다. 그러므로 인간은 이 세상 속에서 다른 사람들과 부대끼면서 살아가는 동안에는 절대적이고 완전한 안식과 평안을 경험할 수 없다는 본질적인 한계를 지니고 살아간다.

다른 사람들보다 좀 더 많은 것들을 소유하고 누리기 위해 경쟁하고 갈등하는 것도 바로 그러한 인간성으로부터 나오는 인간적인 요소이기도 하다. 그럼에도 불구하고 인간은 그러한 경쟁이나 갈등, 결핍이나 고통을 넘어선 자리에 존재하는 다른 세계를 꿈꾼다. 그렇게 찾은 세계를 사람들은 낙원 이미지로 형상화한다.

동서고금을 막론하고 이러한 낙원에 대한 지향은 여러 가지 이름과 모양으로 인간 의식 속에 존재해 왔다. '낙원'이나 '무릉도원', '아르카디아', '유토피아' 등 그 이름이나 존재방식은 여러 가지로 다양하지만, 그렇게 상상해 낸 세계는 공통적으로 현실에서는 얻을 수 없었던 절대적인 평안과 안식, 충족을 누릴 수 있는 공간이었다.

인간은 이러한 낙원 이미지를 형상화함으로써 현실적인 삶의 공간에서는 누리기 어려운 절대적 안식과 평안이라는 가장 근원적인 욕망을 상상 세계에서나마 충족한다. 현실의 고통과 결핍이 심할수록 현실 너머에 존재하는 낙원에 대한 환상이 더욱 자극적이고 선명한 모습을 지니기도 한다. 낙원은 그렇게 인간의 꿈인 동시에 영원한 동경의 대상이 되어 왔다.

서정시에서 자연은 이러한 인간의 낙원에 대한 꿈을 형상화해 주는 대표적인 이미지로 사용된다. 자아는 자연과 정서적으로 동일해짐으로써 하나가 되고, 이를 통해 인간 세계 속에서 경험하는 고통과 슬픔 등 다양한 부정적인 정서들을 넘어서는 자리에 도달하고자 한다.

자아와 세계 사이에 형성되는 이런 정서적 일체감은 서정시에서 세계를 자아와 동일시하는 과정이다. 시적 서술의 대상이 되는 세계인 자연 사물은 이렇게 자아와 정서적으로 동일한 이미지가 된다. 이때 자아는 서술의 대상으로서의 자연을 완전성을 지닌 '낙원 이미지'로 형상화하고 자신을 그러한 자연과 합일시킴으로써 그 자연이 지닌 완전성을 시적으로나마 누리고자 한다.

서정시에서 자연에 이러한 이미지가 덧씌워질 때, 그 자연은 인간 삶의 또 다른 근원적인 고향이 되기도 한다. 서정시 속에 펼쳐지는 자연 공간이 사람들의 일상적 삶이 이루어지는 현실 공간과 대비되어 이미지화되는 이유이기도 하다.

낙원으로서의 자연 공간은 현실 공간과는 다른 요소들이 지배한다. 팍팍하고 부족한 것이 많은 현실 공간에는 결핍이 지배한다면, 낙원은 이러한 것들이 없는 풍요와 안식이 지배하는 것이다. 그러하기에 인간은 항상 낙원을 꿈꾸며, 서정시는 그러한 꿈을 상상력이라는 이름으로 이미지화한다. 현실 세계의 객관적인 사물인 자연 공간이 서정시에서 낙원으로 이미지화되는 이유가 이것이다.

기독교적 서정시에서도 자연 이미지가 비슷한 역할을 할 때가 많다. 자아는 시에서 풍성하고 풍요로운 자연 공간을 형상화하고, 그 속에서 자연이 주는 안식과 풍요를 누리고자 한다. 이것은 현실적 삶의 공간에서 누릴 수 없었던 낙원에 대한 소망과 맞닿아 있다.

기독교적 서정시에서 형상화되는 낙원으로서의 자연 이미지는 전통적인 서정시의 자연 이미지와 차이가 나는 특징이 있다. 낙원으로서의 자연 공간을 스스로의 힘으로 만들어 내지 않고, 자연 자체를 절대화하지도 않는다. 자연을 신성한 것으로 바라보는 것이 아니라, 하나님과의 관계 속에서 자연을 바라보기 때문이다.

박두진의 시 「해」

자연 이미지가 낙원의 모습으로 그려지는 것은 박두진 초기시에서 특히 강하고 분명하게 나타난다. 한국 현대 시사에서 강렬한 모습으로 기독교적 낙원 이미지를 형상화하는 대표적인 시 중의 하나인 「해」에서 이런 자연 이미지를 볼 수 있다. 이 시에서 자아는 밝음과 어둠의 대비를 통해 자신이 지향하는 세계를 형상화한다. 자아가 바라보고 있는 그 시선의 끝에 낙원이 자리 잡고 있다.

하기를 간절히 소망한다. '달밤'으로 표상되는 '어둠'의 세계에 머무르는 것은 자아에게 매우 힘겨운 일이다. 슬픔과 외로움은 자아의 생명력과 활력을 소모시키는 정서이기 때문이다. 이것이 자아가 어둠과는 반대편에 있는 세계인 '밝음'을 간절하게 소망하는 이유이다. 그렇게 자아는 '밝음'을 표상하는 '해'의 세계를 강렬하게 그려내고, 그 세계에 대한 자신의 간절한 소망을 형상화한다.

"해"가 지배하는 '밝음'의 공간은 여기서 어둠이 지배하는 '달밤'의 공간과 상반되는 자리에 존재한다. 어둠의 공간이 슬픔과 외로움 같은 부정적인 정서가 지배하는 공간이라면, 이를 극복하고 등장하는 "해"가 지배하는 공간은 생명력 혹은 활력이 강렬하게 드러나는 공간으로 형상화된다. 그리고 "해"는 그러한 공간을 불러오는 존재이면서 그 공간을 지배하는 존재이기도 하다. "해"는 "어둠을 살라먹고" 강렬한 에너지를 지니고서 솟아오르는 존재이다.

여기서 어둠을 살라먹는다는 표현은 중요한 의미를 지닌다. '살라먹다'라는 표현에는 강렬한 불꽃의 움직임이 내포되어 있으며, 그래서 그 불꽃이 다른 모든 것들을 먹어치워 없애버리는 상황을 상상하게 만들어준다. 어둠이 지배하는 공간이었던 "달밤"의 슬픔과 외로움이라는 부정적인 정서는 이제 "해"의 이 강렬한 불꽃이 보여주는 밝음으로 극복될 것이라 기대하게 된다.

이를 통해 자아는 "달밤"의 시공간에서 자신을 고통스럽게 만들던 슬픔과 외로움이라는 정서를 훌훌 털어버리고 새롭고 밝은 세상으로 나아갈 수 있는 힘을 얻는다. "해"는 그래서 여기서 자아를 구원하는 강력한 구원자의 이미지로 작동한다. 강력한 에너지를 소유한 "해" 덕분에 자아는 이제 부정적 결핍의 세계로부터 구원되어 평안과 화해의 세계로 들어가게 된다.

"해"는 여기서 "맑갛게 씻은 얼굴"을 한 "고운 해"임과 동시에 "어둠을 살라먹고, 산넘어서 밤새도록 어둠을 살라먹고, 이글 이글 애띈 얼굴"을 가진 존재이다. 이렇게 보면 "해"는 두 가지 특징적인 이미지로 형상화된다. "고운 해", "애띈 얼굴" 등에서 나타나는 맑고 명랑한 이미지 혹은 어린아이 같은 이미지가 있고, 다른 하나는 "어둠을 살라먹고, 산넘어서 밤 새도록 어둠을 살라먹고" 나타나는 강렬하고 힘이 넘치는 존재라는 이미지가 그것이다.

맑고 깨끗한 세상을 그려내는 어린아이 같은 순수함과 함께, 부정적인 것을 일거에 태워 없애버릴 것 같은 강력한 힘이 동시에 이미지화되고 있다. 이러한 '해'의 두 가지 이미지가 함께 작동하여 "달밤"이 보여주는 '어둠'을 걷어내는 역할을 한다. 슬픔이나 외로움 같은 부정적인 정서를 "해"의 맑고 순수하면서도 강렬한 힘이 온전히 걷어낸다.

"해"가 지배하는 시공간에서 자아는 "홀로래도 좋아라."라고 노래한다. '좋다'는 단어에는 이러한 공간 속에 들어가 살고 싶은 자아의 간절한 소망이 드러난다. 자아는 이제 어둠의 세계로부터 벗어나서 밝음의 세계로 들어가고 싶은 것이다.

그런데 자아는 여기서 "해"가 지배하는 청산에 있을 수 있다면 자신은 "홀로래도" 좋다고 말한다. 이 표현이 지닌 함축적 의미를 정확하게 이해하기 위해서는 먼저 현재의 자아가 서 있는 공간을 떠올려 볼 필요가 있다. 지금 현재 자아는 "해"가 지배하는 밝음의 공간에 서 있는 것이 아니라, "달밤"이 지배하는 어둠의 공간에 서 있다. "해"가 지배하는 공간은 아직 오지 않은 미래의 어느 시점에야 이루어질 것이라고 기대되는 공간이다. 자아는 그 공간을 "해"를 통해 들어가고 싶어 한다.

해가 떠오른 청산에서도 자아는 여전히 '홀로' 있어야 할 수도 있다. 만약 여전히 '홀로' 서 있어야 한다면, 자아는 얼마든지 달밤의 정서인 외로움에 지배당할 수도 있는 상황이다. 그럼에도 불구하고 자아는 "해" 덕분에 그 속에서 전혀 상반된 정서를 온전히 품을 수 있다고 말한다. 동일한 공간에 대한 자아의 반응이 완전히 달라지는 것이다. 달이 비치는 어둠의 공간에서 청산은 "눈물같은 골짜기"이지만, 해가 비치는 청산은 "훨훨훨 깃을 치는 청산"이 된다. 달과 해라는 지배적 이미지의 변화가 세계를 바라보는 자아의 시선까지 변화시키고, 동일한 자연 공간이 전혀 이질적인 자연 공간으로 변모된다.

이런 변화는 시에 형상화되는 다른 존재들과 자아 사이의 관계에서도 발생한다. 청산에 해가 솟아오르기 이전에는 자아와 다른 존재들은 서로 두려워하며 거리를 두고 있었다. "해"가 솟아오른 순간 자아는 그 속에서 살아가는 여러 다른 존재들을 만나고 관계를 회복한다. 해가 솟으면 사슴을 따라가 사슴과 놀고, 칡범을 따라가 칡범과 놀 것이라 기대한다. 어둠이 지배하던 공간이 밝음이 지배하는 공간으로 바뀌면서 자아는 "꽃도 새도 짐승도 한 자리에 앉아, 워어이 워이 모두 불러 한자리 앉아 애띠고 고은 날을 누려" 보게 되리라고 기대한다.

사슴이나 칡범은 이 시에서 초식동물과 육식동물의 대표격으로 거론된 동물들이다. "해"가 떠오른 청산이라는 공간 속에서는 자아와 이런 존재들 사이의 관계뿐만 아니라 청산에 사는 모든 존재들 사이의 관계까지 회복된다. 어둠을 살라먹고 강렬한 모습으로 솟아오른 "해"가 불러온 변화이다. 이러한 관계는 어둠이 지배하던 "달밤"의 공간에 형성되었던 자아와 다른 존재들 사이의 관계와는 전혀 다르다. 이제는 자아가 서 있는 "청산"이라는 공간에는 분리와 단절이 주는 '외로움'이라는 정서가 사라지고, 화해와 평안의 정서가 지배하게 된다.

이 시에서 시제를 고려해 보면 자아가 이러한 세계를 어떻게 바라보고 있는지 보다 명확하게 드러난다. "해야 솟아라"라는 표현이나 "애띠고 고은 날을 누려 보리라"라는 표현의 시제는 미래시제이다. 그렇다면 지금 현재 자아가 서 있는 시간은 아직 해가 떠오르지 않은 "달밤"의 시간이 된다. 그러므로 현재 자아가 서 있는 공간은, 달밤의 어둠이 지배하는 외로움과 두려움의 공간이다. 자아는 어둠의 공간에 서서 "해"가 솟아오르기를 간절하게 소망하고 있는 상황이다.

해가 솟아오르는 시간이 미래의 어느 시점이라는 점은 의미심장하다. 자아는 아직도 어둠 가운데 서서 미래의 어느 시점에 그렇게 낙원으로 회복된 자연 공간을 누려볼 것이라는 간절한 기대를 표현한다. 아직 도래하지 않는 미래의 어떤 세계를 그린다는 것은 전적으로 상상력에 의해 창조되는 관념의 세계를 불러왔다는 말이다. 자아는 관념 속에서 그러한 세계를 꿈꾸고 형상화하고 있는 것이다. 이 시에서 그리고 있는 낙원은 그러므로 시인의 상상력이 만들어낸 관념의 산물이라고 할 수 있다.

이 시의 낙원이 지닌 관념성은 여기서 그리고 있는 낙원 이미지 자체를 살펴보면 더욱 분명하게 알 수 있다. "해"가 환하게 비치는 밝은 "청산"은 자아에게 낙원으로서의 공간이 된다. 밝은 "청산"은 자아가 사슴과 칡범, 꽃, 새, 짐승들이 함께 모여 평화롭게 화해하고 지낼 수 있는 공간이다.

일반적인 상식 차원에서는 이러한 것들 사이의 평화와 화해, 공존은 불가능하다. 식물과 초식동물, 육식동물 사이의 먹이사슬은 이런 동식물들 사이의 화해와 평화를 상상할 수 없도록 만든다. 그럼에도 불구하고 시인은 그러한 세계를 지향하며 그러한 관계가 지배하는 세계가 도래할 것임을 강하게 확신하고 있다. "해"가 솟아오른 "청산"은 그러므로 현실적 실현가능성이 아니라 시인의 간절한 바람을 형상화한 낙원으로서의 자연 공간이다.

이런 자연 공간은 인간의 상상력이 빚어내는 관념적인 공간이면서, 욕망을 반영한 공간이 된다. 일반적으로 낙원이라는 개념 자체가 인간이 현실에서 만날 수 있는 공간이 아니라 소망과 꿈이 창조해 낸 공간으로 인식된다. 여기서 자아가 꿈꾸는 낙원으로서의 자연 공간 또한 이러한 관념성을 지니고 있음을 확인할 수 있다.

이런 관념성은 자아의 욕망과 긴밀하게 관련되어 있다. 자아는 낙원으로서의 청산에 대한 간절한 소망을 지닌 존재가 된다. "해"가 지닌 매우 긍정적이고 밝은 이미지를 청산이라는 공간에 투영함으로써, 자신이 서 있는 어둠의 공간을 바라보는 눈을 변화시켜 다르게 인식하는 것이다. 단절과 분리로부터 오는 두려움과 외로움으로부터 벗어나서, 그 속에 살고 있는 모든 생명들 사이의 화해와 평화가 이루어지는 낙원 공간으로 바라보는 것이다. 다른 정서를 가진 새로운 공간으로 자아가 옮겨가는 것이 아니라, 자아가 바라보는 눈이 변하는 것이다.

박두진의 시 「향현(香峴)」

이러한 공간의 변화는 박두진의 다른 시에서도 나타난다. 시 「향현(香峴)」은 박두진 시인이 등단하면서 『문장』지에 발표한 작품[1]이다. 그런 만큼 시인 스스로도 이 작품에 대한 상당한 애착을 보여준다. 자작시를 해설하는 글에서 그는 이 시가 "시작활동을 하도록 마음을 결정하고 첫 발걸음을 내디디게 한 결정적인 계기"[2]가 된 시라고 밝히고 있다. 뿐만 아니라 이 시에서 형상화되는 자연은 박두진 시인의 초기 시세계에서 보이는 자연 이미지를 특징적으로 보여주기도 한다.

　　　아랫도리 다박솔 깔린 산(山) 넘어 큰 산(山) 그 넘엇 산
　　　(山) 안 보이어, 내 마음 둥둥 구름을 타다.

　　　우뚝 솟은 산(山), 묵중히 엎드린 산(山), 골 골이 장송(長
　　　松) 들어 섰고, 머루 다랫넝쿨 바위엉서리에 얽혔고, 샅
　　　샅이 떡갈나무 억새풀 우거진 데, 너구리, 여우, 사슴, 산

---

1) 『문장』 1938년 5월호.

2) 박두진, 『한국현대시론』 (서울: 일조각, 1970), 371. 박두진 시인은 자작시를 해설하는 글에서 이 시를 거론하면서 다음과 같이 말한다. "이 시는 나에게 소위 시작활동을 하도록 마음을 결정하고 첫 발걸음을 내디디게 한 결정적인 계기를 마련했던 것이다. 실로 그때까지의 시를 쓰지 아니치 못했던 여러 가지 깊고 까닭 많고 쓰라렸던 생애와, 그 이후의 생애(시작)로 나를 몰아, 부족은 하나마 일심으로 정진하게 한 분기점을 이룬 것이 이 「향현」이였으며, 이 시와 동시에 발표한 「묘지송」의 시였던 것이다."

53

(山)토끼, 오소리, 도마뱀, 능구리등(等) 실로 무수한 짐승
을 지니인,

산(山), 산(山), 산(山)들! 누거만년(累巨萬年) 너희들 침묵
(沈黙)이 흠뻑 지리함즉 하매,

산(山)이여! 장차 너희 솟아난 봉우리에, 엎드린 마루에,
확 확 치밀어 오를 화염(火焰)을 내 기다려도 좋으랴?

핏내를 잊은 여우 이리 등속이, 사슴 토끼와 더불어 싸릿
순 칡순을 찾아 함께 즐거이 뛰는 날을, 믿고 길이 기다려
도 좋으랴?

　　　　　　　　　　　　　　　　　　- 박두진, 「향현(香峴)」

　　이 시에서도 자아는 두 개의 시제를 사용하여 자연 공간을 묘사
한다. 자아가 서 있는 현재의 자연 공간과 "확 확 치밀어 오를 화염"
이 지배하는 미래의 자연 공간이 그것이다. 이 두 세계를 대하는 자
아의 태도는 상이하다. 현재의 공간을 "지리함"이라는 부정적인 정
서로 접근하고 있다면, 미래의 공간은 '기다림'이라는 긍정적인 정
서로 접근한다.

여기서 먼저 고려해야 할 것은 현재의 자연 공간과 미래의 자연 공간을 구성하는 내용물에는 차이가 없다는 점이다. 여러 모양의 산들이 있고, 다양한 종류의 식물들이 어우러져 있으며, 여러 종류의 동물들이 그 속에서 살아가고 있다. 동물들 중에는 육식동물도 있고 초식동물도 있다. 이런 자연 공간이 미래의 어느 시점에 "화염"이 치밀어 오르면서 전혀 다른 공간으로 변화하는 것이다.

동일한 자연 공간의 이런 변화는 자연 공간 자체가 변화했기 때문이 아니라, 그 자연 공간을 바라보는 자아의 시선이 달라졌기 때문에 일어난 변화이다. 누거만년을 침묵하고 있어서 흠뻑 지리함을 느끼던 그 자연 공간이 "즐거이 뛰는" 여러 동물들의 움직임으로 가득 찬 활력이 넘치는 공간으로 변화한다. 그러한 변화는 전적으로 자아의 간절한 기대 때문에 일어난 변화이다.

이 시의 의미에 접근하는 길 중의 하나는 '산'으로 대표되는 자연 이미지를 정확하게 읽어내는 것이다. 자아가 바라보고 있는 '산'은 오랜 시간을 지루하게 침묵하고 있던 존재이다. 자아는 그런 '산'이 어느 순간 불꽃처럼 활활 타오를 것이라고 기대한다. 그렇게 타오르는 불꽃은 강렬한 생명력의 상징이기도 하면서 그 속에서 살아가는 동물들에게 새로운 활력을 불어넣는 역할도 한다.

여기서 자연은 자아가 꿈꾸는 낙원이 된다. 오랜 역사의 흐름에 눌려 지루하게 침묵하는 공간이 아니라, 다양한 생명들이 평화롭게 공존하는 공간이 된다. 먹고 먹히는 생존투쟁이 일어나던 일상의 공간이 "함께 즐거이 뛰는" 공간으로 바뀐다. 이런 자연 공간은 사람들이 이제까지 경험적으로 인식해 왔던 자연 공간과는 다른 모습이다.

자아는 두 가지 측면에서 산들을 그려낸다. 먼저 "아랫도리 다복솔 깔린 산 넘어 큰 산 그 넘엇 산"과 같은 구절에서는 산들이 겹겹이 둘러 있는 모양새를 보여준다. 자아의 시선은 '아랫도리 다복솔 깔린 산'으로부터 시작한다. 다복솔은 주로 묘지 근처에 심어놓은 소나무를 지칭하는 용어이다. 그렇다면 자아의 시선이 닿은 처음의 산은 선대의 묘지가 있는 마을 근처의 낮은 산을 의미하는 것임을 알 수 있다. 자아는 그러한 전경이 보이는 마을 언저리에서 그 산들을 바라보고 있다. 이어지는 구절에서 자아의 시선은 다복솔 깔린 작은 산을 넘어 첩첩이 이어지는 높은 산들과 그 너머의 보이지 않는 산들에까지 이른다.

자아의 시선에 비친 다른 하나의 측면은 그 산들의 모양이다. 첩첩이 둘러선 산들이 단순한 하나의 모양이 아니라 "우뚝 솟은 산"도 있고 "묵중히 엎드린 산"도 있다. 또한 골짜기마다 "장송"이 들어 서 있고, 머루와 다래 넝쿨이 얽힌 바위도 있다. 산들의 이런 다양한 모습은 자연의 다양성을 느낄 수 있게 만들고, 그 속에 얼마나 생명력이 가득 차 있는지를 느낄 수 있게 만든다.

이 산은 그러나 과거부터 지금까지는 그 속의 에너지를 겉으로 드러내지 않고 지리하게 침묵하는 공간이며, '핏내'가 풍기는 생존 방식이 지배하는 공간이었다. 활발하게 움직이기보다는 정체되어 있고 평화와 화해보다는 약육강식의 생존투쟁 원리가 지배하는 공간이었다.

그런 공간을 자아는 새로운 시선으로 바라본다. 산을 바라보면서 자아는 "내 마음은 둥둥 구름을 탄다"라고 표현한다. 자아의 시선이 다복솔 깔린 동네의 낮은 산에서 첩첩이 둘러진 그 너머의 눈에 보이지 않는 산들로 이어지다가, 나중에는 산 위로 펼쳐진 하늘에까지 이른다. "둥둥"이라는 부사어는, 이러한 산들과 그 산 위로 펼쳐지는 하늘과 구름을 바라보는 자아의 시선에 활기차고 생명력 넘치는 기분 좋은 정서가 깔려 있음을 말해 준다.

그렇게 바라보는 시선에 들어오는 산들이 첩첩이 겹쳐 있을 뿐만 아니라 획일적이지 않고 다양한 모양을 지니고 있는 것은 그 내면에 변화의 가능성이나 활기를 가득 내포하고 있음을 보여준다. 이제 미래를 바라보는 자아의 시선 안에서 산들이 내면에 지니고 있던 그 가능성이나 생명력의 활기가 "치밀어 오를 화염"과 함께 불타오른다. "산"이라는 공간은 이제 생명력이 가득 차서 넘쳐나는 공간으로 다가온다.

산은 그 속에 다양한 생물들이 살아가는 공간이기도 하다. 자아가 산을 바라보는 현재의 시간에도 산에는 "장송"들이 서 있고, 머루와 다래 넝쿨이 바위를 덮고 있으며, 떡갈나무와 억새풀이 빽빽하게 우거져 있다. 산은 또한 이러한 식물들과 함께 "너구리, 여우, 사슴, 산토끼, 오소리, 도마뱀, 능구리 등" 여러 동물들도 함께 살아가

고 있는 공간이다. 산에 이런 다양한 식물들과 동물들이 함께 살아
가고 있다는 것은 그 공간이 살아있는 생명력으로 가득 차 있다는
점을 보여준다. 그럼에도 불구하고 자아가 산을 바라보는 현재의 시
점까지는 그 생명력이 온전히 드러나지 못하고 있는 상황이다. 여러
생명들을 가득 품고 있는 산이 오랜 시간 동안 침묵하고 있었기 때
문이다.

이러한 산이 자아의 시선 속에서 생명력이 살아있는 활기찬 공간
으로 변화한다. 미래의 어느 시점에 "확 확 치밀어 오를 화염"과 함
께 침묵 속에 침잠해 있던 산이 깨어나고, 그 속에서 살아가던 생명
들이 새롭게 활력을 얻을 것을 기대한다. 화염, 즉 불꽃은 여기서 생
명력을 내포하는 이미지로 형상화되어, "산"을 활기가 넘치는 공간
으로 바꾸어 놓는 역할을 한다. 그 화염이 "확 확 치밀어 오를" 것이
라는 표현을 통해 자아는 산이 그 전부터 지니고 있던 생명력이 화
려하게 피어오를 것을 기대한다.

그 불꽃은 산봉우리와 산마루를 환하게 밝히며 피어올라, 오랫동
안 산들을 감싸고 있던 "지리한" 침묵을 걷어낼 것이다. 뿐만 아니라
그 화염은 산에서 살아가고 있는 다양한 생명들의 생존방식도 바꾸
어 놓는다. 화염이 치밀어 오를 때 산에서는 "핏내를 잊은 여우 이리
등속이, 사슴 토끼와 더불어 싸릿순 칡순을 찾아 함께 즐거이 뛰는"
변화가 일어나기를 기대한다.

이 시에서 "핏내를 잊은"이라는 표현은 자연 이미지의 변화를 보

여주는 매우 중요한 구절이다. 핏내를 잊었다는 것은, 그 전에는 그러한 핏내를 풍기는 삶을 살았다는 것을 전제로 한다. '핏내'를 풍기는 것은 다른 동물을 잡아먹는 육식동물의 생존방식이며, 이러한 생존방식에는 그 육식동물에게 잡아먹히는 '사슴, 토끼'와 같은 초식동물이 있어야 한다. 육식동물과 초식동물 사이에서 발생하는 약육강식의 치열한 생존방식은, 시인이 일상에서 경험하는 파괴적이고 치명적인 일상 세계의 생존방식이기도 하다.

그러한 생존방식이 지배하던 자연 공간이 미래의 어느 순간에 확연하게 변화한다. 자아는 "화염"이 확확 피어오르는 순간 완전히 변화된 자연 공간이 만들어질 것을 기대한다. 그 공간은 약육강식의 원리가 지배하던 기존의 생존방식이 바뀌어, 육식동물인 여우 이리 등속이 '핏내'를 잊고 사슴 토끼와 같은 초식동물과 함께 "싸릿순 칡순을 찾아 즐겁게 뛰는" 공간으로 변화한다. 육식동물과 초식동물이라는 전혀 어울릴 수 없는 두 무리 사이에 화해와 평화가 찾아오고, 공존과 안식을 함께 누리는 생활방식으로 바뀌는 것이다.

그러한 세계를 지배하는 정서가 '즐거움'이라는 점도 중요하다. 육식동물에게는 이러한 변화가 자신의 존재의 본질을 바꿔야 하는 충격적인 변화이다. 시에서 자아는 그러한 변화를 겪을 육식동물들도 스트레스가 아니라 기쁘게 그 세계를 살아가는 모습으로 그린다. 다시 말해 그 자연 공간은 자연 속에 살아가고 있는 동물들이 육식이라는 본성을 '기쁘게' 버리고 "즐거이" 다른 동물들과 평화롭게 안식하며 살아가는 세계이다.

이러한 변화는 그런데 눈앞에 펼쳐지는 현재적인 상황이 아니라, 자아가 기대하는 미래의 어느 시점에서야 일어나는 변화이다. 육식동물이 타고난 천성을 포기하고 초식동물과 어울려 함께 공존하며 뛰노는 세계는 현실 세계 속에서는 발생할 수 없는 것이 당연하다. 그러므로 이런 세계는 시인의 상상 속에서 일어나는 기대의 세계이며, 그래서 일상의 세계에서는 존재하지 않는 낙원 공간이기도 하다. 시인은 일상의 경험 세계 너머에 자신의 상상으로 만들어내는 낙원의 세계를 형상화시켜 놓은 것이다.

산이라는 공간이 보여주는 낙원으로서의 자연 이미지는 이 시에서 자연을 바라보는 시인의 시선이 변화되면서 일어나는 변화이다. 자연을 바라보는 자아의 시선이 바뀌자 자연이 낙원으로 변화한다. 자연 자체가 변한 것이 아니라 그것을 바라보는 자아의 시선이 바뀐 결과이다. 자연을 바라보는 그 시선의 변화 앞에서 수천만 년을 지루하게 침묵하고 있던 그 산이 역동적인 생명력을 간직한 산으로 바뀐다.

산이 보여주는 이런 낙원 이미지는 이 시기 박두진의 시에 자주 나타나는 기독교적 낙원 이미지와 긴밀하게 결합되어 있다. 이 시기 그의 시에서 형상화되는 자연은 주로 그 속에서 살아가는 모든 존재들 사이에 화해와 평화, 안식이 지배하는 공간으로 그려지며, 미래의 어느 시점에야 도래할 낙원으로 형상화된다. 그만큼 이 낙원은 관념적인 것이다. 이것은 또한 구약 성경에 나타나는 낙원 이미지의 한 양상을 시인이 적극적으로 차용한 것이기도 하다.

구약 성경에서 많은 선지자들은 하나님으로부터 심판을 받아 멸망할 이스라엘을 이야기한다. 선지자들은 하나님 앞에서 죄를 범한 이스라엘이 자신들이 섬기던 하나님의 심판으로 말미암아 멸망할 것이라고 예언한다. 이런 심판의 메시지는 또한 하나님의 은혜와 구원으로 이어진다. 죄악 때문에 이스라엘을 심판한 하나님이 심판 후에는 다시 은혜로 구원을 베푸는 것이다. 이때 선지자들이 회복될 이스라엘을 설명하는 방법 중의 하나로 활용한 것이 낙원 이미지이다. 대표적인 경우가 이사야 선지자가 형상화한 낙원이다.

> 그 때에 이리가 어린 양과 함께 살며, 표범이 어린 염소와 함께 누우며, 송아지와 어린 사자와 살진 짐승이 함께 있어 어린아이에게 끌리며, 암소와 곰이 함께 먹으며, 그것들의 새끼가 함께 엎드리며, 사자가 소처럼 풀을 먹을 것이며, 젖 먹는 아이가 독사의 구멍에서 장난하며, 젖 뗀 어린아이가 독사의 굴에 손을 넣을 것이라.[3]

선지자 이사야는 이스라엘이라는 나라가 회복될 때 어떠한 모습

---

3) 이사야 11장 6-8.

이 될 것인지를 자연의 회복이라는 이미지를 통해 제시한다. 이리가 어린 양과 함께 사는 세계, 표범이 어린 염소와 함께 눕는 세계, 송아지와 어린 사자와 살진 짐승이 함께 어린아이에게 끌리는 세계, 암소와 곰이 함께 먹는 세계, 그것들의 새끼가 함께 엎드리는 세계, 사자가 소처럼 풀을 먹는 세계, 젖 먹는 아이가 독사의 구멍에서 장난을 하는 세계이다.

육식동물들이 초식동물처럼 풀을 먹고, 육식동물과 초식동물이 한 공간에서 함께 평화롭게 공존하는 세계를 그리고 있다. 다른 동물을 공격해서 잡아먹어야만 생명을 유지할 수 있는 육식동물의 입장에서는 타고난 본성을 버려야만 가능한 세계이다. 이것은 그러므로 선지자가 상상력을 적극적으로 활용하여 화해와 공존, 평화가 지배하는 자연 공간을 이미지화한 결과물이다.

물론 이러한 회복된 낙원 이미지들이 주변의 강대국들에게 침탈당하는 이스라엘의 미래에 대한 역사적 비유일 수도 있고, 이스라엘 내적으로 자행되던 각종 죄악과 수탈을 넘어선 세계로 해석될 수도 있지만, 여기서 중요한 것은 선지자 이사야가 회복된 이스라엘을 이렇게 화해와 공존, 평화가 지배하는 낙원으로서의 자연으로 이미지화했다는 점이다. 당대의 세계에 만연한 약육강식의 생존방식이나 피지배계층에 대한 지배계층의 억압이나 수탈 같은 것을 죄나 악으로 보는 선지자의 입장이 여기에 반영되어 있다. 그래서 회복된 세계에서 누릴 낙원은 인간들이 지닌 이런 본능적인 속성까지 넘어서야 하는 세계임을 보여주는 것이기도 하다.

선지자가 제시한 이러한 낙원 이미지는 성경에서 제시하는 원래의 자연, 즉 천지의 창조와 함께 나타났던 타락 이전의 자연이 함께 고려되어야 한다. 창세기 첫 장에서 성경은 하나님의 천지 창조를 이야기한다.[4] 하나님은 말씀으로 6일간 하늘과 땅과 그 속에서 살아갈 다양한 생명들, 그리고 인간까지 창조한다.

이렇게 창조된 세계를 바라보며 하나님은 창조의 한 과정을 마칠 때마다 "보시기에 좋았더라."[5]고 여러 번에 걸쳐 평가한다. 그리고 창조의 마지막 날에 인간을 창조하고 난 다음에는 "보시기에 심히 좋았더라."[6]라고 하며 더욱 심화된 평가를 내린다. 이러한 평가가 말해 주는 바는 원래의 창조의 세계 자체를 하나님이 아름답게 보았고, 만족하였다는 점이다.

하나님이 창조한 아름다운 세계에서 살던 아담과 하와가 하나님 앞에서 죄를 짓고 타락한 결과는 단순히 인간에게만 미치는 것이 아니라 자연 전체로까지 확장된다.[7] 하나님이 유일하게 금지하였던 선악과를 따먹은 인간의 죄는 하나님으로부터 심판을 받아 죽음과 고

---

4) 창세기 1장.

5) 창세기 1장 12절, 18절, 21절, 25절.

6) 창세기 1장 31절.

7) 창세기 2장과 3장.

통의 삶이라는 결과를 불러왔을 뿐만 아니라, 그들이 살아가야 할 자연까지도 황폐하게 만드는 결과를 불러온다. 자연은 이제 엉겅퀴를 내는 황폐한 땅이 되었으며, 자연 속의 생명들도 서로 피를 흘리는 약육강식의 세계로 바뀌었다.

창세기에서 서술하고 있는 창조의 과정 중에서 주목해야 할 부분 중의 하나는, 인간이 죄를 짓고 타락하기 이전, 즉 원래의 창조의 세계에서는 창조된 모든 동물들이 먹고 살 음식이 풀이었다는 점이다.[8] 하나님이 창조한 모든 동물들은 창조의 처음 과정에서는 모두 초식동물이었다고 생각해 볼 수 있다. 이러한 초식동물들의 세계가 인간의 죄의 결과로 함께 타락하여 죽음과 살육의 원리가 지배하는 육식의 세계로 바뀌게 된 것이라고 성경은 말하고 있다. 인간을 포함한 모든 자연의 세계는 이제 서로 죽고 죽이는 살육과 투쟁이라는 원리가 지배하게 되었다.

선지자 이사야가 제시하는 낙원 이미지 속에 육식동물과 초식동물이 함께 공존하며 평화롭게 서로 뛰논다는 것은 그래서 중요한 의미를 지닌다. 이 낙원 이미지는 단순히 선지자 이사야가 그렇게 간절히 바라는 이스라엘이라는 국가 혹은 민족의 회복이라는 긍정적인 전망을 넘어서, 성경이 말하고 있는 하나님의 창조세계의 가장

---

8) 창세기 1장 30절. "또 땅의 모든 짐승과 하늘의 모든 새와 생명이 있어 땅에 기는 모든 것에게는 내가 모든 푸른 풀을 먹을 거리로 주노라 하시니 그대로 되니라."

원래적인 모습인 에덴이라는 낙원의 회복을 꿈꾸는 것을 말해 준다.

이런 의미에서 여기에서 그려지는 낙원 이미지는 역사 이전의 세계이며, 기독교적 창조의 원리에 기반을 둔 낙원 이미지이다. 이 낙원을 꿈꾸는 선지자의 소망은, 오염되고 타락하여 살육과 억압, 약탈이 지배하던 세계로부터 벗어나서 모든 생명들이 함께 공존하는 평화롭고 아름다운 원래의 창조 세계로의 회복을 꿈꾸는 것이다. 죄악으로 가득하여 멸망할 수밖에 없는 현실적인 자연 공간이, 미래의 어느 시점에서 하나님의 은혜에 의하여 죄악의 결과로부터 벗어난 회복된 낙원이 다시 도래할 것을 기대한다.

박두진 시인이 그려내는 낙원 이미지는 선지자 이사야가 그려내는 이러한 낙원 이미지와 유사하다. 여기서 생각해야 할 것 중의 하나는 성경에서 이러한 낙원 이미지가 이스라엘이라는 한 나라가 멸망을 향해 끌려가는 때에 쓴 선지자들의 예언서에서 나오는 장면이라는 점이다. 선지자의 글에서 이 낙원 이미지의 문맥적 의미는 죄를 짓는 이스라엘에 대한 질책이며 심판의 메시지였다. 이는 박두진의 시에 형상화된 낙원으로서의 자연 이미지가 내포한 의미를 이해하는 중요한 열쇠 중의 하나가 된다.

선지자들은 이스라엘이 망해가는 시점에서 사회 전체에 만연한 여러 가지 죄와 부패와 부정들, 종교적인 타락들을 강하게 지적하면서, 이스라엘은 그것들 때문에 하나님의 징벌을 받아 망할 수밖에 없을 것이라고 예언한다. 그러나 이러한 징벌을 받아 멸망한 이스라엘이 다시 하나님의 은혜로 말미암아 회복될 것인데, 그 세상을 상징적으로 보여주는 이미지 중의 하나가 이사야가 그리고 있는 낙원으로서의 자연이었다.

여기에 등장하는 자연 속의 동물들이 함께 평화롭게 공존하고 있다는 점 또한 주목할 필요가 있다. 선지자의 상상 속에 그려지는 낙원이 그러하다는 것은 선지자가 발붙이고 살고 있는 현실은 이와는 상반된 자리에 있다는 점을 말해 준다. 낙원 이미지는 그러므로 현실 비판 의식과 긴밀하게 관련된다. 경험적인 자연의 현실적인 상태와는 전혀 다른 낙원 공간의 이러한 의미는 시인의 상상력과 결합하여 박두진 시의 자연 이미지에서도 동일한 방식으로 작동한다.

시인이 처한 현실, 즉 일제강점기 하의 고통스러운 현실과 약육강식의 제국주의적 질서, 그 속에서 우리 민족이 겪을 수밖에 없었던 그 엄청난 혼란과 고통들에 대한 뼈아픈 인식이 함께 내포되어 있는 것이다. 시 「해」에서 자아가 자연을 바라보고 있는 현재의 시간을 어둠으로 대표되는 "달밤"으로 이미지화하는 것은 이런 현실에 대한 인식의 표현이다. 자아는 그러한 세계가 "싫어"라고 외침으로써 억압과 고통과 살육이 일상화되어 있는 죄악된 세계에 대한 강렬한 부정 의식을 드러낸다.

그와 함께 밝음으로 대표되는 "해"의 세계를 간절하게 바라는 것은 부정적 현실을 넘어서고자 하는 의지의 형상화이다. 시인이 그리고 있는 이 세계는 약육강식의 제국주의적 지배-피지배 논리로부터 벗어난 새로운 세계이다. 시인은 낙원 같은 새로운 세계 속에서 이루어질 평화로운 공존이라는 새로운 존재 방식을 간절하게 바라고 있다. 그러한 바람을 이러한 기독교적 낙원 이미지로 풀어놓았다.

낙원이 도래하는 시점이 현재가 아니라 미래의 어느 시점이라고 서술하는 것도 의미심장하다. 시「해」에서 낙원은 밝은 "해"가 떠오를 미래의 어느 시간에야 누릴 수 있을 것이라고 기대되는 공간이고, 시「향현」에서는 "장차 너희 솟아난 봉우리에, 엎드린 마루에, 확 확 치밀어 오를 화염"이 피어오르는 시점이 되어야만 누릴 수 있는 미래의 낙원이다. 미래의 어느 시점이 되어야만 이루어질 것이라는 시간의식은, 박두진 시의 낙원 이미지가 성경에서 말하는 기독교적 낙원 이미지와 긴밀하게 연결되는 또 다른 부분이기도 하다. 선지자들이 망해가는 나라와 민족을 보며 한탄하면서도 미래의 어느 시점에 하나님의 은혜로 말미암아 회복될 새로운 세계를 꿈꾸는 것과 구조적으로 동일하다.

박두진 초기시의 자연 이미지가 기독교적인 낙원 이미지 중에서도 선지자 이사야가 꿈꾸던 낙원 이미지를 지니고 있다는 점은 그의 시세계를 이해하는 데 있어서 중요한 한 축이 된다. 이러한 낙원 이미지는 그 이면에 현실에 대한 강렬한 비판의식을 담고 있기에, 이후의 박두진 시가 보여주는 현실비판 의식을 설명해 줄 수 있다. 미래의 어느 시점에 도래할 낙원을 형상화하는 것은, 현재의 자신이 서 있는 세계가 지극히 부정적인 세계라고 지적하는 행동이다.

　박두진의 중기시는 현실 비판 의식을 강하게 드러내는데, 이러한 의식은 초기시에 형상화했던 낙원 의식의 다른 측면으로 볼 수 있다. 낙원의 회복을 꿈꾸던 이스라엘 선지자들의 주된 메시지 중의 하나가 죄악으로 타락한 당대 사회에 대한 강렬한 비판과 부정이었다는 점은 낙원 추구의 다른 측면을 보여주는 것이다. 박두진의 초기 시세계에 나타나는 낙원 추구 경향 또한 이러한 선지자적인 현실 비판 의식과 유사하다.

2

하늘의 질서와 축복을
누리는 공간

기독교적 서정시가 보여주는 낙원 이미지의 중요한 특징 중의 하나는 하늘의 질서와 축복을 누리는 공간으로 이미지화된다는 점이다. 이는 기독교적 세계관의 특징이기도 하다. 그리스도인들은 이 땅에서 일상을 살아가면서도 하나님의 뜻이 지배하는 천국을 바라본다. 기독교적 관점에서 천국은 단순한 공간적 개념이 아니라 하나님의 다스림이 이루어지는 나라이다. 낙원은 이러한 하나님의 다스림이 이루어지는 세계이고, 그래서 천국을 지향하는 그리스도인의 시선은 이러한 낙원을 지향하게 된다.

기독교적 세계관을 바탕으로 한 기독교적 서정시의 경우에도 이러한 지향은 잘 나타난다. 천국을 바라는 그리스도인들의 세계관을 바탕으로 하고 있기에 기독교적 서정시에서 나타나는 자연은 주로 기독교적 낙원 이미지로 형상화된다. 박두진 시에 형상화되었던 성경 속의 낙원 이미지뿐만 아니라, 자아와 하나님과의 관계 회복을 통해 이루어지는 낙원으로서의 자연 이미지를 주로 형상화한다. 자연 공간은 하나님의 은혜가 임하는 공간이며, 천상적 질서가 깃드는 공간으로 이미지화된다.

박두진의 시에 형상화된 자연 이미지 또한 이러한 의미를 강하게 지니고 있다. 시 「해」나 「향현」에서 보여주는 낙원의 질서가 그렇다. 천상의 질서에 해당하는 "해"의 강렬한 힘에 의해 두려움과 외로움이 지배하는 공간이 밝고 평화로우며 생명력 넘치는 낙원으로 바뀐다. 즉, 자아가 지향하는 낙원은 이 땅의 질서가 아니라 천국의 질서가 온전히 작동하는 공간이다.

박두진의 시 「천태산 상대(天台山 上臺)」

자연 이미지의 이러한 특징은 박두진의 후기시에서도 잘 드러난다. 박두진의 시세계가 현실 비판 의식을 강하게 표현하던 중기를 지나 후기에 이르면 다시 낙원 이미지를 자주 형상화하게 되는데, 시집 『수석열전』에 실린 시들에 형상화되는 자연 이미지가 그렇다. 천국의 질서와 축복을 누리는 기독교적 낙원이라는 자연 이미지가 형상화된다.

먼 항하사

영겁을 바람부는 별과 별의

흔들림

그 빛이 어려 산드랗게

화석하는 절벽

무너지는 사태

별의 사태

눈부신,

아

하도 홀로 어느 날에 심심하시어

하늘 보좌 잠시 떠나

납시었던 자리.

한나절내 당신 홀로

노니시던 자리.

　　　　　　　　－ 박두진, 「천태산 상대(天台山 上臺)」

　이 시는 박두진의 시집 『수석열전』에 실린 작품이다. 시인은 이
시기에 수석을 모으는 취미에 빠져 다양한 곳에서 많은 수석을 모아
전시하는 즐거움을 누리고, 그러한 수석을 대상으로 하여 시를 창작
한다. 수석에서 찾아낸 자연의 아름다움을 다양한 모양으로 그려내

는 것이다. 수석에서 발견하는 이같은 낙원 이미지는 그러므로 현실 세계에 대한 묘사가 아니라 관념적인 세계이다. 시인이 추구하던 낙원으로서의 자연 이미지가 지닌 관념성이 여기서도 확인된다. 시인은 자신이 추구하는 낙원을 상상력으로 창조하여 수석 속에서 발견하는 것이다.

이 시에서 자아는 천태산 상대를 바라보고 있다. 시집 『수석열전』에 실린 시들은 대부분 시인이 직접 수집한 수석을 보고 상상하면서 쓴 시들이다. 그렇다면 이 시 또한 시인이 직접 천태산 정상에 올라서 쓰는 시가 아니라, 수석을 바라보며 그것을 '천태산 상대'라고 상상하며 쓰는 시라는 점을 전제하고 읽어야 한다.

이는 이 시에서 형상화하고 있는 자연 이미지가 실제적이고 경험적인 세계에서 바라본 자연이기보다는 정신적이고 관념적인 세계임을 말해 준다. 수석이라는 돌덩이 하나를 보면서 상상해 내는 자연 이미지는 있는 그대로의 경험적 현실의 재현이기보다는 관념적인 사유를 그 속에 품을 가능성이 더욱 크다. 이 시에서 천태산 상대를 묘사하는 서술이 구체적인 사물이나 사건을 그려내기보다는 영겁이나 별과 같은 관념적인 어휘들을 중심으로 하여 이루어진다는 점은 이러한 특징을 잘 보여준다.

이 시에서 그려지는 자연 이미지를 통해 자아는 낙원을 간절하게 소망하고 있음을 분명하게 드러낸다. 천태산 상대를 바라보는 자아의 시선에는 그곳에 도달하여 머무르고 싶다는 소망이 진하게 깔려 있다. 천태산 상대가 하나님이 머물다 간 자리이기 때문이다. 자아의 눈에 천태산 상대는 무한의 시간 속에서 천상의 질서가 내려앉은 거룩한 공간으로 그려진다.

그곳은 인간이 감히 범접하기 어려운 자리에 위치한 세계이며, 신적인 질서까지 어리어 있는 거룩한 세계이다. 자아에게 천태산 상대는 하나님이 노닐던 낙원이 되며, 그러한 낙원에 도달하기를 간절하게 바라는 공간으로 그려진다.

천태산 상대는 시간적으로 볼 때 영원의 세계에 속해 있는 공간이다. 영원의 세계는 인간의 영역이 아니라 신의 영역이며, 그래서 이 공간은 신적인 절대성을 지닌 낙원이 된다. '먼 항하사/영겁을 바람부는'이라는 구절에서 형상화되는 시간적 영원성은, 잘 해야 수십 년을 살아갈 뿐인 일상적 인간의 힘으로는 정확하게 인지하기도 힘든 시간의식을 내포한다.

'항하사'는 "항하의 무수한 모래라는 뜻으로, 무한히 많은 수를 이르는 말"[9]이다. 항하사는 수의 단위이기는 하지만 인간이 일상의 경험 속에서는 접근하기 힘든 무한에 가까운 숫자이다. 그 숫자 뒤에 이어지는 단위가 시간일지 날일지 해일지는 이 시의 서술에서는 정확히 확인하기 어렵지만, 어느 것이든 그 시간은 모두 무한에 가까워진다.

---

9) 민중 엣센스 국어사전. '항하사'를 숫자로 표시하면 극의 만 배, 아승기의 1만분의 1.

그다음 행에 이어지는 "영겁"이라는 단어가 이러한 의미를 더욱 강화한다. '겁'은 '천지가 한 번 개벽한 때부터 다음 개벽할 때까지의 동안이란 뜻으로, 계산할 수 없는 무한히 긴 시간'[10]이라는 의미를 가진 말이다. 그러므로 이 짧은 구절 속에 시인은 '항하사', '영겁'이라는 무한을 의미하는 숫자를 반복하여 사용하고 있다.

이 시에는 또한 숫자뿐만 아니라 "화석"이라는 이미지까지도 사용하여 그 공간이 인간의 인지 영역을 넘어서 있는 낙원 공간임을 강조한다. 지층 속에서 발견되는 화석이 화석으로 발견되기 위해서는 동물의 죽음과 그 화석이 발견된 시간 사이에 엄청난 시간의 간극이 필요하다. 이 간극 또한 인간의 경험적 시간을 넘어서는 관념적인 시간의 대명사이기도 하다. 그리고 자아는 "바람부는"이라는 시어를 통해 그 공간에 무한의 시간이 지속적으로 스쳐지나가는 것을 형상화해 놓는다. 그 공간이 무한의 시간 동안 존재해 왔음을 말하고 있다.

자아는 무한의 시간을 의미하는 단어들을 이렇게 반복적으로 사용하여, 천태산 상대가 인간의 시간 개념으로는 도달할 수 없는 절대적이고 신적인 영역에 놓여 있는 공간임을 형상화한다. 그 공간은 한평생이라는 경험적 시간을 살아갈 수밖에 없는 인간으로서는 쉽게 접근할 수 없는 영역이다. 짧은 구절에서 인간의 인지를 넘어서

---

10) 민중 엣센스 국어사전.

는 몇 가지 단어를 사용함으로써 이 공간을 경험적 인지의 영역에서 신적인 절대의 세계로 옮겨 놓는다.

천태산 상대는 또한 공간적으로도 절대의 영역에 가까워진다. 천태산이라는 이름을 붙이는 순간 이곳은 인간의 발이 도달할 수 있는 지상의 공간이 된다. 그러나 그러한 공간에 "별"이라는 천상적인 질서가 깃들고 있다. 이제 그 공간은 단순한 지상적 공간을 넘어서 절대적이고 신적인 질서가 움직이는 공간으로 탈바꿈한다.

이 시의 인식 체계 속에서 별은 인간이 살아가는 속세의 지상공간과 대비되는 천상적 질서에 해당한다. 즉, 신의 세계를 의미하는 상징적 존재이다. 천태산 상대는 이러한 별들 중 한두 개가 지상에 내려와 머물다가 다시 돌아가는 제한된 공간이 아니라, "별과 별"이 흔들리다 "무너지는 사태"처럼 쏟아져 내려오는 공간으로 이미지화된다. 다시 말해 천상의 질서가 엄청난 축복으로 지상에 쏟아져 내리는 곳이다. 그곳은 원래 세속적 질서가 지배하는 지상 공간이었지만, 이제 신의 세계에 속한 천상의 질서가 온전히 지배하는 절대적이고 신적인 영원의 공간이 되었다.

이렇게 천태산 상대는 시간적 영원성과 공간적 절대성이 부여된 성스러움의 공간으로 변하고, 그래서 자아가 간절히 도달하고 싶은 공간이 된다. 비록 위치상으로는 천태산이라는 지상 공간에 불과하지만 하나님까지 와서 "노니시던 자리"로 격상되었다. 절대자인 하나님이 "홀로 어느 날에 심심하시어" 가볍게 잠시 내려와 노닐 수 있는 공간으로 변화하였다. 신이 다녀간 공간은 그 발걸음만으로도 거룩한 공간으로 변한다. 신적인 질서가 거기에 머물게 되기 때문이다.

하나님이 노닐던 공간이라는 점은 자아에게 매우 중요한 의미를 부여한다. 이 시에서 하나님은 시간에 제한을 받아 촉급하게 쫓기는 존재가 아니라, 그 시간 너머에서 여유롭게 거니는 존재로 형상화된다. "하늘 보좌"에 있을 때에도 "홀로 어느 날에 심심하시어" 하는 분이며, 천태산 상대에 왔을 때에도 "한나절내 당신 홀로/노니시던" 분이다. 천상에 있을 때나 지상에 내려왔을 때에도 시간에 쫓기는 존재가 아니라 여유롭고 한가한 시간을 즐기는 존재로 그려진다.

이러한 하나님이 다녀간 자리는 자연스럽게 여유롭고 한가한 공간이 된다. 그래서 이 공간은 이제 감당하기 힘든 삶의 무게에 짓눌리거나 일상에 쫓기던 사람이 그 일상으로부터 놓여나 한가하고 여유로운 시간을 즐길 수 있는 공간으로 이미지화된다. 신이 다녀간 공간이 됨으로써 그 신이 보여주었던 이미지가 지상 공간에 그대로 전이되면서 나타나는 현상이다. 이제 자아가 만약 그 공간 속으로 들어간다면, 하나님이 보여주었던 그 여유로움과 풍성함을 함께 누릴 수 있다.

이 공간은 그런 의미에서 시간적 영원성과 공간적 절대성 그리고 신적인 풍요로움이 작동하는 낙원이라는 이미지로 변화한다. 자아는 이러한 낙원을 바라보는 자리에 서서 그곳에 도달하고 싶은 욕망을 드러낸다. 그러한 세계를 누리고 싶은 것이다. 그곳에 이르게 될 때 자아는 하늘의 질서와 축복을 누릴 수 있다. 여기서 낙원으로서의 자연 이미지는 하늘의 질서와 축복을 누리는 공간이 된다.

정지용의 시 「나무」

정지용의 시에도 이러한 낙원으로서의 자연 이미지는 선명하게 나타난다. 그가 기독교에 바탕을 둔 작품을 주로 쓰기 시작하는 시기는 1930년대 중반인데, 이 시기에 그는 『가톨릭 청년』이라는 잡지의 편집을 담당하면서 기독교적인 세계관을 상당히 직접적으로 표출하는 작품들을 많이 발표하였다. 등단 초기에 그는 이미지즘적 특징을 드러내는 시를 주로 발표하였지만, 『가톨릭 청년』지에 작품을 주로 발표하던 이 시기의 작품들은 가톨릭이라는 종교적 세계관을 강하게 보여준다. 이 시들 속에서 형상화되는 자연 이미지들은 하늘의 은혜와 질서가 지상의 자연 속에 깃드는 낙원 이미지로 형상화된다.

얼굴이 바로 푸른 하늘을 우러렀기에

발이 항시 검은 흙을 향하기 욕되지 않도다.

곡식알이 거꾸로 떨어져도 싹은 반드시 위로!
어느 모양으로 심기어졌더뇨? 이상스런 나무 나의 몸이여!

오오 알맞은 위치! 좋은 위아래!
아담의 슬픈 유산도 그대로 받았노라.

나의 적은 연륜으로 이스라엘의 이천 년을 헤었노라.
나의 존재는 우주의 한낱 초조한 오점이었도다.

목마른 사슴이 샘을 찾아 입을 잠그듯이
이제 그리스도의 못박히신 발의 성혈에 이마를 적시며—

오오! 신약의 태양을 한아름 안다.

　　　　　　　　　　　　　　　　　　－ 정지용, 「나무」

　이 시에서 자아는 서술 대상이 되는 나무와 자신을 동일시하고
있다. "나무"의 형상이 '나'의 모습이며 "나무"가 보여주는 행위가
'나'의 행위가 된다. 그러므로 여기서 "나무"라는 자연 이미지가 어
떠한 의미를 지니고 있으며 어떻게 형상화되는지를 살피는 것이 이
시의 의미를 읽어내는 중요한 단서가 된다.

자아가 바라보는 나무는 1연에서 "얼굴이 바로 푸른 하늘을 우러러"보고 있으면서도 "발이 항상 검은 흙을 향하"는 존재로 묘사된다. 나무의 가지와 잎을 "얼굴"이라는 단어로 의인화하고 뿌리를 "발"로 비유하여 서술함으로써 자아는 첫 구절부터 나무와 자아를 동일시한다. 자아와 분리되어 객관적인 존재로 서 있을 수도 있는 나무를 마치 자신과 동일한 존재인 것처럼 묘사한다.

자아는 시의 시작에서부터 나무의 모양이나 행위를 통해 자아의 생각이나 행동, 의미나 가치를 드러내는 이미지로 활용하는 효과를 얻는다. 나무를 통해 자신의 삶의 자세와 세상을 바라보는 관점과 같은 것들을 이미지화하는 것이다.

나무의 모양이 보여주는 우선적인 의미는 1연에서 형상화된 "얼굴"과 "발"의 위치와 방향을 통해 드러난다. "얼굴"인 가지와 잎은 "푸른 하늘"을 바라보고 있으며, "발"인 뿌리는 "항시 검은 흙"을 향해 있다. 위를 향해 뻗어 있는 가지나 잎의 모습은 상승의 이미지를 지니고 밝은 천상의 세계를 지향하는 자아의 의지를 보여준다. 이와 대비적으로 아래를 향해 뻗어나가는 뿌리의 모습은 어두운 땅의 이미지를 내포하면서 자아를 구속하는 지상적 이미지가 된다.

이 시에서 "하늘"은 긍정적 세계인 천상적 질서를 내포하는 이미지로 그려진다. 자아에게 '푸르다'라는 색감은 밝고 아름답다는 정서를 내포하고 있으며, 그래서 푸른 하늘로 향하는 "얼굴"은 "좋은" 방향으로 향하고 있는 얼굴이 된다. 하늘이라는 천상적 질서를 바라보고 있기에 하늘의 은혜를 소망하는 자의 모습이 된다.

얼굴이 하늘로 향하여 서 있다는 것은 자아에게 또한 "알맞은 위치"로 서 있는 모양이 된다. 알맞다는 말은 그렇게 서 있는 자세가 존재의 본질에 합당하며 올바르다는 가치평가가 들어가 있는 말이다. 자아가 바라보는 세상에서 사람은 "하늘"의 하나님을 바라보고 서 있는 것이 올바르고 바람직한 삶의 자세라고 강조하고 있다.

이것은 원래 인간 존재뿐만 아니라 모든 생명들에게 동일하게 적용되는 원리라고 자아는 강조한다. "곡식알이 거꾸로 떨어져도 싹은 반드시 위로!" 난다고 말하며, 그것이 "알맞은 위치"에 심겨진 것이며 "좋은 위아래"를 향하고 있다는 것이다. 이는 세계를 바라보는 자아의 관점을 명확하게 보여주는 표현이다. 바로 떨어지든 거꾸로 떨어지든 항상 싹은 위로 향하는 것이 올바르게 자라는 자세이다.

자아가 보기에 이 땅을 살아가는 모든 생명은 본질적으로 하늘을 바라보고 자라게 되어 있으며, 그것이 바람직한 삶의 태도라는 말이다. 그러므로 위로 향하는 나무의 잎과 가지는 자연의 근원적이고 본질적인 속성에 따라 자연스럽게 나타나는 현상이 되며, 하늘을 바라보고 지향하는 자아의 욕망도 이 땅을 살아가는 생명이 내보이는 자연스러운 본성의 분출이 된다.

이와 반대로 땅은 부정성을 내포한 이미지로 형상화된다. "검은 흙" 혹은 "욕되지 않도다"라는 구절은 지상에 대한 자아의 부정적인 인식을 명확하게 보여준다. "흙"은 여기서 검은색을 띠고 있는 것으로 형상화되는데, 여기서 검다는 것은 하늘을 수식하는 "푸른" 색감과 대비되어 자아에게 강한 부정성을 지닌 이미지로 다가온다. 그래서 이 "검은 흙"을 향하고 있는 나무의 "발"을 자아는 '욕되다'고 평가하고 있다. 사람들이 일상을 살아가는 지상 공간을 천상적 질서가 지배하는 "하늘" 공간과는 다른 부정적인 공간으로 인식하고 있다.

흙에 대한 이 같은 인식은 "아담의 슬픈 유산"과 연결된다. '아담의 유산'은 하나님이 처음 창조하신 낙원에서 행복하고 풍요롭게 살아가던 아담의 삶으로부터 오는 유산이라고 하기는 어렵다. 그렇다면 거기에 "슬픈"이라는 수식어를 붙이지 않을 것이기 때문이다. 자아는 '아담의 유산'이라는 단어에 "슬픈"이라는 수식어를 붙임으로써, 그 유산이 매우 부정적이며 어두운 것이라고 말한다.

여기서 말하는 아담의 유산은 그러므로 하나님 앞에 죄를 지어 낙원으로부터 추방당한 후 힘겨운 삶을 살아내야 했던 타락 후의 아담으로서부터 물려받는 유산로 보아야 한다. 풍성하고 아름다운 낙원으로서의 자연 공간이 아니라, 죄로 타락하여 얻게 된 결핍으로서의 자연 공간과 연결되는 것이다.

아담이 처음 창조되어 살던 곳은 하나님이 창조하신 낙원인 에덴이었다. 에덴은 모든 나무와 풀들이 과실을 맺으므로 큰 수고로움 없이 풍요롭게 살아갈 수 있는 공간이었다. 죄와 타락은 아담이 이런 공간으로부터 추방당하고 가시덤불과 엉겅퀴가 나는 황폐한 공간으로 내몰리게 만든다. 아담을 둘러싸고 있는 자연 공간이 아담과

적대적인 공간으로 바뀌는 것이다.

낙원의 풍요로움이 사라져버린 공간에서 아담은 힘겹게 노동을 해서 자신과 가족이 먹을 것을 얻어야 하는 처지가 되었다. 낙원에서 추방된 아담이 맞닥뜨린 자연은 그렇게 부정적이고 부족하며 위험한 결핍으로서의 자연 공간이 된다. 자연스럽게 그 속에서 이루어지는 노동도 즐거운 일이 아니라 힘겨운 일이 되었다. "아담의 슬픈 유산"은 그러므로 자신의 죄 때문에 벌을 받아 에덴에서 추방당한 아담의 삶의 방식으로부터 오는 유산이다.

아담의 유산을 "슬픈" 것으로 인식하는 자아의 태도에는 인간이 살아가는 이 땅의 삶에 대한 부정적인 인식이 깔려 있다. 에덴에서 추방된 아담이 살아가는 공간인 이 땅은 죄의 결과이기도 하고 잃어버린 낙원을 기억나게 하는 공간이기도 하며 힘겹고 고통스러운 삶의 시간으로 가득 차는 부정적인 공간이기도 하다. 이 시의 "슬픈"이라는 단어에는 자아가 살아가는 현실 공간에 대한 이러한 부정적 인식이 자리 잡고 있다.

그러하기에 그 땅을 향하고 있는 "발"은 욕된 것으로 이미지화된다. 검은 색으로 이미지화된 흙은 여기서 아담의 죄로 인한 타락의 결과물이 된다. 나무의 뿌리가 그러한 흙을 향하고 거기에 얽매여 있는 모습은 그러므로 죄의 인력에 이끌리는 인간의 연약함으로 읽힌다. "아담의 슬픈 유산"은 아담이 범한 원죄를 지고 이러한 "검은 흙"의 땅에서 힘겹고 고통스러운 일상을 살아내야 하는 인간임을 인식하는 자아의 종교적 고백이다.

하늘과 땅에 대한 이러한 인식에는, 세계를 '하늘/땅', '천상/지상'이라는 이원론으로 바라보는 시선이 자리 잡고 있다. 하늘은 밝고 아름답고 긍정적인 세계이며 하나님의 다스림이 지배하는 낙원의 세계라면, 그 반대편에 있는 지상의 세계는 죄의 결과로 인해 쫓겨난 인간들이 힘겨운 삶을 살아내야 하는 어둡고 차가운 부정적 세계가 된다. 이러한 인식을 가진 자아이기에, 하늘을 바라보는 "얼굴"을 영광스럽다고 평가하고 땅을 향하는 "발"을 욕되다고 평가한다. 그리고 자아는 그중에서 밝고 아름다우며 영광스러운 세계인 "하늘"로 향하는 간절한 시선을 보낸다.

땅에 발붙이고 살아갈 수밖에 없는 자아는 "나무"의 이미지를 통해 하늘의 질서가 지배하는 하나님의 나라에 도달할 방법을 찾는다. 죄로 오염된 땅에서 이루어지는 삶은 욕된 것이며, 그렇게 살아갈 수밖에 없는 자신은 "우주의 한낱 초조한 오점"이 될 수밖에 없음을 인식하고 있다. 그런 삶은 하늘의 질서나 빛의 세계를 그 속에 지닐 수 없기에 부정적이고 부족한 삶이 된다.

그러한 자아가 "검은 흙"이 지배하는 이 땅을 넘어서는 방법은 천상의 질서를 동경하여 그 질서를 자신의 존재 속에 가져오는 것이다. 이 시에서 나무는 얼굴을 하늘로 향하여 서 있어서 이러한 욕망을 이룰 수 있는 존재가 된다. 가지가 하늘에 닿아 있음으로 인해 뿌리가 "검은 흙"에 닿아 있어도 욕되지 않을 수 있다. 천상의 질서가 가지를 통해 나무에게 임하고, 나무는 이를 통해 하늘의 은혜를 누림으로써 자아를 억압하던 지상적 질서를 넘어선다. 이것이 "나무"의 "얼굴"이 푸른 하늘을 우러러 바라보는 것을 "알맞은 위치! 좋은 위아래!"라고 말하는 이유이다.

자아는 이러한 "좋은 위아래"로 서 있는 나무가 하늘의 질서를 다시 누리는 길을 "신약의 태양을 한아름 안"는 것에서 찾는다. 여기서 말하는 "신약의 태양"은 신약성경이 말하는 예수 그리스도를 지칭한다. 여기서 예수 그리스도와 "아담의 슬픈 유산"을 함께 거론하는 이유는 성경 로마서에서 바울이 예수 그리스도를 두 번째 아담이라고 말하는 것으로부터 나온다.

로마서에서 바울은 예수 그리스도의 십자가 사역이 지닌 의미를 명확하게 설명한다.[11] 하나님의 계명을 어기고 선악과를 먹은 아담의 죄는 인류에게 죽음을 가져왔지만, 예수 그리스도의 십자가 사역은 그렇게 죽은 인간을 다시 살려 하나님 나라로 들어갈 수 있게 만들었다. 죄로 말미암아 죽은 인간을 다시 살리는 것은 이 땅에 와서 십자가에 달린 예수 그리스도의 은혜 때문이다. 인간은 이제 예수 그리스도를 믿음으로 죽음에서 부활하여 하나님 나라에 들어가게 되었다.

자아가 "그리스도의 못박히신 발의 성혈"을 거론하는 이유가 여

---

11) 로마서 5장 12절 ~ 20절.

기에 있다. 이스라엘의 제사 의식에서 죄 사함을 받기 위해서는 반드시 희생제물의 피가 필요하다. 이 원리는 하나님 앞에서 인간의 죄를 사함받기 위한 과정에서도 반드시 필요한데, 죄가 없는 존재로서 인간의 죄를 대신하여 십자가에 달린 예수 그리스도의 피가 그 역할을 한다. 그러므로 십자가의 피는 인간의 죄를 대속함으로써 죽음에 빠진 인간을 다시 살려 하나님 앞에 나아갈 수 있게 만든다. 아담으로 말미암아 사람이 죽음에 이르렀다면, 예수 그리스도로 말미암아 사람이 의롭게 되어 하나님 나라에 들어갈 수 있게 된다.

자아가 "신약의 태양"을 "한아름" 안는다는 것은 이러한 아담과 예수 그리스도의 관계와 하나님 앞에서 인간이 새로운 생명을 얻는 신앙을 전제로 한 표현이다. 예수 그리스도의 십자가 사역을 통해 새로운 생명을 얻어 하나님 앞에 나아갈 수 있게 되었다는 믿음의 표현이다.

기독교적 낙원에 대한 시적 지향은 이러한 자리에서 명확하게 드러난다. "아담의 슬픈 유산"으로 말미암아 죽음이 지배하는 "검은 흙"에 발을 붙이고 살아갈 수밖에 없는 자아가, 예수 그리스도를 믿는 믿음으로 하나님이 다스리는 천국의 은혜, 즉 낙원을 온전히 누리게 된다.

하늘을 향해 가지와 잎을 벌리고 선 나무의 자세는 그러므로 자아에게 낙원을 누리는 "알맞은 위치! 좋은 위아래!"가 된다. 하늘을 향하는 나무와 자신을 동일시함으로써 자아는 하나님의 다스림이 이루어지는 천국, 즉 낙원에 이른다. 이 시에서 낙원은 그러므로 하늘의 질서와 하나님의 은혜를 온전히 누리는 공간이 되며, 자아는 그러한 낙원에 대한 간절한 소망을 하늘을 향해 두 팔을 벌린 "나무"라는 자연 이미지로 형상화한다.

김현승의 시 「나무」

김현승의 시에서도 이와 비슷하게 나무의 이미지를 사용하여 낙원 지향성을 드러내는 경우가 있다. 그의 시 「나무」에서 나무는 낙원을 지향하는 자아의 소망을 담아내는 자연 이미지가 된다. 자아가 볼 때 나무는 형태상으로 인간과 유사한 모습을 지니고 있으며, 정서적으로도 자신과 동일한 감정을 지닌 존재이다. 이런 나무는 또한 자아가 힘겨운 삶을 살아가는 순간에 옆에서 함께 동행하며 같이 기도해 주는 존재이기도 하다. 나무가 가지를 벌리고 서 있는 모습을 기도하는 손으로 이미지화하며, 이를 통해 낙원에 도달하기를 간절하게 바라는 소망을 담아낸다.

하느님이 지으신 자연 가운데
우리 사람에게 가장 가까운 것은
나무이다.

그 모양이 우리를 꼭 닮았다.
참나무는 튼튼한 어른들과 같고
앵두나무의 키와 그 빨간 뺨은
소년(少年)들과 같다.

우리가 저물녘에 들에 나아가 종소리를
들으며 긴 그림자를 늘이면
나무들도 우리 옆에 서서 그 긴 그림자를
늘인다.

우리가 때때로 멀고 팍팍한 길을
걸어가면
나무들도 그 먼 길을 말없이 따라오지만,
우리와 같이 위으로 위으로
머리를 두르는 것은
나무들도 언제부터인가 푸른 하늘을
사랑하기 때문일까?

가을이 되어 내가 팔을 벌려
나의 지난 날을 기도로 뉘우치면,

나무들도 저들의 빈 손과 팔을 벌려

치운 바람만 찬 서리를 받는다, 받는다.

– 김현승, 「나무」

나무는 먼저 "그 모양이 우리를 꼭 닮았다."고 서술하고, "우리 사람과 가장 가까운 것"이라 말하며, 그 모습을 "참나무는 튼튼한 어른들과 같고/앵두나무의 키와 그 빨간 뺨은/소년들과 같다."고 비유한다. 이를 통해 자아는 나무가 겉모습에서 어른부터 아이까지 모든 세대들과 유사하다고 말한다. 여기에는 사람과 나무가 모두 하나님의 창조물이라는 공통성에 대한 인식이 전제로 깔려 있다. "하느님이 지으신 자연 가운데/우리 사람에게 가장 가까운 것"이라는 나무에 대한 설명에는 그 나무가 하나님의 창조물 가운데 하나라는 생각이 드러나 있다.

나무를 바라보고 있는 "우리 사람"들 또한 하나님의 창조물이라는 점을 생각하면, 자아의 내면 의식에서 나무와 자아 사이의 동질감이 형성되는 하나의 이유를 찾을 수 있다. 이러한 내적 동일성은 나무와 자아 사이의 정서적 동일성을 만들어내는 원인이 된다. 자아와 나무 모두 창조주인 하나님께 기도하는 존재로 이미지화할 수 있는 것도 이런 내적 동일성에서 출발한다.

나무는 정서적으로도 자아와 동일성을 지닌 존재로 이미지화된

나. 해가 지는 "저물녘"에 들에 나가 있을 때 나무는 자아의 옆에 서서 "그 긴 그림자를" 함께 늘이는 존재이다. 밀레의 그림을 생각나게 하는 이 구절을 통해 자아가 어떤 환경에서 살아가고 있는지를 짐작하게 한다. 해가 저무는 들녘에서 들려오는 종소리에 손을 모으고 기도하는 그 그림의 인물들은 풍요롭고 부유한 삶을 사는 이들이라고 보기는 어렵다. 오히려 하루 종일 들판에서 힘겹게 하루를 살아낸 자들의 고단한 시간들이 느껴지는 삶이다.

그 삶은 "때때로 멀고 팍팍한 길"을 걸어가야 하는 삶이기에, 그러한 자아 옆에 함께 서서 "그 긴 그림자"를 늘이는 나무는 자아에게 큰 위안을 주는 존재가 된다. 힘겹고 고단한 노동으로 하루가 채워지는 삶의 공간은 자아에게 낙원이라고 하기는 어렵다. 자아의 삶이 이루어지는 현실 공간은 풍요로움과 여유로움이 지배하는 안식의 공간이 아니다.

이 땅에서의 삶은 "멀고 팍팍한 길"로 이루어진 힘겨운 공간이며, 그래서 부족함과 부정적인 것들이 자아를 압박하는 결핍의 공간이 된다. 그런 공간에서 삶을 살아갈 수밖에 없는 자아에게 자신의 옆에서 묵묵히 서서 함께 걸어가는 동료의 존재는 큰 위안이 된다. 자아의 옆에 서서 긴 그림자를 함께 드리우고 어려움도 함께 나누어주고, 자신처럼 같이 두 손을 들어 하나님께 기도하는 존재는 고단한 삶을 위로하는 동반자인 것이다.

4연에 나타나는 "푸른 하늘"은 그래서 더욱 중요한 의미를 내포한다. 자아의 옆에서 묵묵히 동행하며 함께 기도하는 나무들이 소망하는 대상이 "푸른 하늘"이다. 그런데 자아는 여기서 "나무들도 언제부터인가 푸른 하늘을" 사랑하게 되었다고 말한다. 이 구절에서 보면, 자아의 옆에서 같이 동행하는 나무들이 원래부터 푸른 하늘을 사랑한 것이 아니라, 자아의 옆에 서서 동행하던 "언제부터인가" 그 "푸른 하늘"을 사랑하게 되었다는 것이다.

나무가 동행하기 이전부터 자아는 "푸른 하늘"을 사랑하고 있었으며, 그래서 그러한 사랑을 나무도 동일하게 가지게 되었다고 말하고 있다. 자아의 영향을 받아서 "나무들도" 동일한 감정인 "푸른 하늘"을 사랑하게 된 것이다. 자아 덕분에 자연 사물인 나무도 바뀌었다는 말인데, 이런 변화는 서정적 동일시 과정에서 일어나는 일이다.

"푸른 하늘"은 여기서 자아가 간절하게 소망하는 낙원 공간으로 읽힌다. 거기에는 하나님이 있으며 천상의 질서가 지배하는 위안과 안식의 공간이다. 그 세계에 도달하고 싶은 자아는 자신의 간절한 소망을 직접적으로 형상화하는 것이 아니라, "위로 위으로" 가지를 뻗는 "나무"의 것으로 포장하여 표현한다.

하늘을 향해 자라는 나무의 모습에서 하늘에 도달하고자 하는 나무의 간절한 욕망을 읽을 수 있다. 열심히 자라는 나무의 모습이 하늘에 닿고자 하는 나무의 욕망을 보여주는 것이라고 자아가 읽고 있는 것이다. 자아는 나무가 위로 끊임없이 자라는 모습을 "우리와 같이"라는 수식어로 표현하여, 이 욕망이 자아의 욕망이라고 말한다.

결국 자아는 "푸른 하늘"로 형상화된 낙원에 이르고 싶어 한다.

자아는 또한 나무가 하늘을 향해 가지를 뻗는 모습을 기도하는 행위로 묘사한다. 하늘을 향해 가지를 뻗은 모습이 "푸른 하늘"이라는 낙원에 도달하기를 바라는 욕망의 표현일 뿐만 아니라, 그 하늘에 있는 신에게 기도를 드리는 모습으로 읽는다. "내가 팔을 벌려" 기도하는 것과 동일한 모습으로 나무는 자아의 옆에 서서 하늘에 기도한다.

여기서 하나님을 향해 올리는 기도는 하나님 앞에서 자신의 소원을 들어달라고 올리는 기원이 아니다. 자아는 자신의 기도를 '뉘우침', 즉 회개라는 단어로 표현한다. 하나님을 향해 두 팔을 벌리고 기도하는 행위에 "지난 날"에 대한 '뉘우침'이라는 의미를 담아낸다. 그러므로 자아에게 기도는 자신이 욕망하는 풍요로움이나 평안, 안식을 요구하는 행위가 아니라, 자신의 과거에 대한 회개의 행위로 드러난다. 하나님 앞에 나아가면서 이전의 자신이 지었던 죄들을 뉘우치고 회개하는 기도를 올리고, 하나님으로부터 오는 용서를 바라는 기원을 드린다.

그렇게 기도하는 자아의 손이 "빈 손과 팔"이며, 그 손과 팔을 채우는 것은 "치운 바람"이라는 점은 의미심장하다. 자아가 발붙이고 있는 이 땅에서의 삶은 행복이나 평안, 안식, 풍요 같은 것이 아니라, 차가운 바람이 휑하니 이는 빈손과 빈 팔 같은 알맹이 없는 허무일 뿐이라는 인식이 여기에 내재되어 있다. 자신의 삶이 긍정적인 의미와 가치로 가득하고 풍요롭고 행복하다면, "빈"이라든가 "치운"이라는 수식어를 사용하지는 않았을 것이다.

텅 빈 삶은 자아가 이 땅에서 지내 온 삶이 가치가 없었음에 대한 인식이기도 하기에 "푸른 하늘"을 바라보는 자아의 시선은 그래서 더욱 간절해진다. "푸른 하늘"에 도달하면 지상 공간에서 경험할 수밖에 없었던 그 차가움과 허무함을 충분히 채워 줄 풍성함과 여유로움, 안식이 있을 것이라 기대할 수 있기 때문이다.

"푸른 하늘"이라는 공간은 그렇다면 단순히 우리가 실제 눈을 들어 바라보는 하늘이라는 물리적 공간이 아니라 시인이 소망하는 천국임을 짐작할 수 있다. 이 공간은 그러므로 하나님의 은혜를 누리는 낙원 공간이 된다. 이 시에서는 "푸른 하늘"이 어떤 공간인지 구체적으로 이미지화되어 있지 않지만, 텅 빈 손으로 허무하게 돌아서야 하는 지상적 공간과는 상대되는 자리에 있는 공간이며, 자아와 나무가 함께 서서 그렇게 간절히 사랑하고 소망하는 공간이다.

이런 "푸른 하늘"을 바라보는 자아의 시선에는, 지상의 삶에서는 얻기 힘든 풍요와 안식 같은 것들에 대한 소망이 은연중에 착색되어 있다. 지상의 삶이 힘들고 고된 것일수록 그 너머에 존재하는 낙원은 더욱 풍성하고 넘치는 축복의 공간이 된다. "푸른 하늘"은 그래서 "빈 손과 팔"을 가득 채워줄 따뜻하고 풍성한 축복을 누릴 수 있는 풍요의 공간이 된다. 자아는 이런 낙원에 대한 간절한 소망을 팔을 벌리고 푸른 하늘을 향하여 서 있는 기도라는 행위 속에 담아낸다.

　나무가 뿌리내리고 살아가는 지상 공간이 결핍으로 그려진다는 것은 시에서 형상화되는 자연 이미지를 이해하는 데 중요한 역할을 한다. 지상에서 살아가는 나무는 자아와 마찬가지로 부족하고 힘겨운 시간을 보내고 있고, 그 나무가 서 있는 자연 공간 또한 풍요로움과는 거리가 있는 공간이다. 나무가 이렇게 부족하고 힘겨운 존재로 그려지는 것은, 그 나무 자체가 신성시되거나 그 나무가 서 있는 자연이 절대적인 존재가 아니라는 점을 말해 준다.

　만약 나무와 자연이 절대화되어 있다면, 자연 공간은 풍요와 여유로움, 안식과 같은 긍정적인 이미지들로 채워질 것이다. 이 시에서 나무나 자연은 오히려 결핍과 힘겨움, 부족함 같은 부정적인 이미지로 형상화되어 있다. 나무나 자연도 인간과 마찬가지로 신의 창조물에 불과하기 때문이다. 그래서 이 지상의 자연 공간은 하나님이 다스리는 천상의 공간이 지닌 풍요로움과 안식, 평안함이라는 관념과 대비된다.

　여기에서 낙원으로서의 자연 공간과 결핍으로서의 자연 공간을 가르는 기준 중의 하나를 찾을 수 있다. 자아에게 지상은 힘겨운 삶의 시간으로 채워지는 결핍의 공간이며, "푸른 하늘"로 그려지는 천국은 소망을 담아 바라보는 낙원 공간이다. 자아와 나무가 함께 서서 "푸른 하늘"을 향해 기도를 드리는데, 이 기도는 푸른 하늘이라는 공간 자체를 향하는 것이 아니라 그곳을 다스리는 하나님께로 향하는 것이 당연하다. 이렇게 보면 "푸른 하늘"은 자연스럽게 하나님이 임재하며 다스리는 공간이라는 의미가 나온다.

지상 공간이 하나님이 창조한 피조물들의 삶이 이루어지는 공간이라면, "푸른 하늘"은 축복을 베푸는 존재인 하나님이 다스리는 공간, 즉 천국이 된다. 창조주 하나님이 머물며 다스리는 공간이기에 피조물인 자아는 지상에서 이루어졌던 지난날의 삶을 뉘우치면서 기도하고, 지상을 넘어 천국에 이르기를 바라는 소망을 그 기도에 담는다. 이렇게 보면 이 두 공간 사이의 차이는 하나님이 머무는 곳과 그렇지 않은 곳 사이의 차이라고 할 수 있다. 하나님이 다스리는 천국 공간은 낙원이 되며, 하나님이 없는 지상 공간은 힘겹고 팍팍한 삶이 이루어지는 결핍의 공간이 된다.

두 공간을 나누는 이런 기준은 기독교적 서정시가 보여주는 중요한 특징이기도 하다. 기독교적 관점에서 볼 때 낙원은 하나님이 다스리는 공간이기에 낙원일 수 있으며, 하나님이 없는 공간은 부족과 부정적인 요소가 지배하는 결핍의 공간이 된다. 하나님은 인간을 창조한 존재이며 복의 근원이기 때문이다. 결국 낙원과 결핍의 공간으로 나눠지는 기준은 그 공간 자체의 속성에 의해 결정되는 것이 아니라, 하나님과 맺고 있는 관계 유무에 의해 결정된다.

앞서 살핀 다른 시에서도 이러한 차이는 분명하게 나타난다. 박두진의 시 「해」에 나타난 현재적 자연이 약육강식의 치열한 투쟁이 일어나는 파괴적인 공간이라면, 그것은 하나님과 단절된 상태에서

보는 결핍으로서의 자연이라고 할 수 있다. 그러한 공간이 "해"가 비치면서 화해와 평화, 안식의 공간으로 변화되는 것은 "해"로 표상되는 하나님의 질서에 의해 그 공간이 회복되었기 때문이다. 박두진의 시 「천태산 상대」의 천태산 꼭대기는 하나님이 잠시 머물다 가는 상황, 즉 절대적인 신성성이 임함으로 동일한 자연 공간이 천국으로 변한다. 정지용의 「나무」 또한 신적인 영역과 인간의 영역의 차이를 선명하게 드러낸다.

이렇게 보면 기독교적 서정시에 형상화되는 자연은 낙원 지향성을 지니고 있음과 동시에 하나님과의 관계에 의해 의미가 달라지는 이미지가 되는 것을 확인할 수 있다. 하나님이 임재하시는 곳은 거룩하고 신성한 곳이며, 그래서 자아에게는 하늘의 은혜를 누리는 축복의 공간이 된다. 이 공간은 그래서 긍정적인 이미지로 가득 찬 낙원이 된다. 이에 비해 하나님과의 관계가 단절된 공간은 부정적인 의미로 가득한 결핍의 공간이 된다.

이러한 인식 체계 속에서는 일상의 삶에서 지친 인간이 무작정 자연 속으로 들어간다고 해서 위로나 풍요, 안식을 누릴 수 있는 것이 아니다. 공간 자체의 속성에 의해 풍요나 안식을 누리는 것이 아니라 그 공간에 임하는 하나님의 위로나 안식, 풍요와 여유로움이 그 공간을 지배할 때 자아는 그것을 받아 누릴 수 있다. 자연 자체가 신성시되거나 절대화되지 않기에, 세속의 삶에 시달리던 자아가 속세를 떠나 귀의하면 저절로 안식을 얻는 자연 공간이 아니다.

기독교적 관점에서 자연은 하나님 앞에서 인간과 마찬가지로 하나의 피조물에 불과하기에 자연 자체가 신성시될 수 없고, 오직 하나님과의 관계를 회복해야만 풍요로워질 수 있는 존재이다. 기독교적 서정시에서 형상화되는 자연 이미지의 또 다른 측면인 결핍으로서의 자연은 이러한 인식에 기반을 두고 있다. 자연 자체가 신성해지는 것이 아니기에, 하나님으로부터 오는 축복을 누리지 못하거나 하나님의 임재가 없을 때 자연은 결핍이 지배하는 공간으로 형상화된다.

제3장
결핍으로서의
자연

차갑고 메마른 공간

기독교적인 서정시에서 자연은 안식과 평안의 공간으로 이미지화되기도 하지만, 부정적이고 부족한 것이 많은 결핍의 공간으로 형상화되기도 한다. 이것은 낙원으로서의 자연 이미지와 정서적으로 반대의 자리에 있는 공간이다. 기독교적 서정시는 이런 두 가지 자연 이미지가 함께 나타난다.

안식과 평안이 있고 풍요로움이 넘치는 공간은 인간이 내면의식 깊은 곳으로부터 소망하는 낙원의 대표적인 이미지이기도 하다. 인류는 다양한 문화와 시간 속에서 이런 평화와 안식, 평안이 지배하는 공간을 꿈꾸어 왔다. 그 이름이 어떠하든 그것은 현실을 초월한 공간이며 현실에서 결핍되고 부족한 것들을 온전히 채움받는 공간이 된다.

우리 문학에서 고전시가나 전통적인 서정시에서 그 역할을 담당해 온 것은 자연 공간이었다. 속세에 시달린 인간이 귀의할 수 있는 곳, 그래서 자연은 일상의 먼지로부터 멀리 떨어져서 자연의 이법에 따라 살면서 안식과 풍요를 누릴 수 있는 공간으로 주로 형상화되어 왔다. 이때 자연은 완전한 존재가 되고 신성한 공간이 된다. 그런 공간에서 자연 사물들은 인간의 눈에 비치는 구체적인 사물로 인지되기보다는 절대선이나 영원성을 지닌 존재로 이미지화된다.

1930년대 문장파 시인인 이병기나 조지훈의 자연시에서 이러한 측면을 쉽게 발견할 수 있다. 이들의 시 세계에서 자연은 그 자체로 순전하며 무구하고 완전하여, 세속에 물들어 고통당하는 인간을 따뜻하게 품어줄 수 있는 능력을 가진 존재로 그려진다. 그래서 그 자연을 바라보고 다가가는 것 자체로 자아는 위안을 얻는다.

그러한 자연 공간은 인간들이 살아가며 부대끼는 속세와는 다른 공간이다. 세속에서 누리는 부유함이나 권력이 작동하지 않으며, 결핍이나 고통이 없고 평화와 안식이 가득한 공간이다. 그래서 자아는 그 세계 속으로 들어감으로써 자연이 지닌 평화와 안식을 누리고자 한다.

이러한 자리에서 자연은 절대화되는데, 이는 전통적인 유가적 세계관과 깊은 관련을 맺고 있다.[1] 유가적 세계관에서 자연 공간은 인간이 힘겹게 살아가는 삶의 자리와는 분리된 공간이며, 우주의 질서와 절대적인 이법을 그 속에 지니고 있는 공간으로 인식된다. 그래서 인간이 경험하는 현실 공간과는 달리 완전한 모습으로 존재하며, 세속의 때가 묻지 않는 신성한 영역으로 인식된다. 이것이 전통적인 유가들이 자연을 바라보는 관점이며 전통적 서정시에서 자연을 이미지화하는 방법이다. 조선 시대의 많은 시가들에서 볼 수 있는 자연의 이미지가 이런 형태를 지니고 있다.

기독교적 서정시에도 마찬가지로 자연은 낙원이미지로 형상화되는 경우가 많다. 앞장에서 살펴본 바와 같이 기독교적 서정시의 자연 이미지 또한 풍성하고 아름다운 공간으로 그려지며, 인간은 그 속으로 들어가 풍요와 안식과 평안을 누리는 것을 볼 수 있다. 일상이 부족하고 결핍된 것이 넘쳐나기 때문에, 그 일상을 살아내야 하는 자아는 그러한 자연 속에서 평안과 안식을 누릴 것을 기대한다. 다시 말해 기독교적 서정시 속에서도 자연은 전통적인 서정시와 같이 일상의 삶에서 경험하기 어려운 평안과 안식을 주는 공간으로 형상화되기도 한다.

기독교적 서정시에는 그러나 전통적인 서정시의 자연 이미지와 명확하게 다른 측면 또한 존재한다. 낙원 이미지와 함께 부족하고

---

[1] 최승호, 『한국현대시와 동양적 생명사상』 (서울: 다운샘, 1995), 53.

부정적인 결핍으로서의 자연 이미지가 함께 형상화되고 있다는 점이다. 자연이 안식과 평안, 풍요의 존재로만 형상화되는 것이 아니라, 부정적이고 결핍이 가득한 차갑고 메마른 공간으로도 형상화되는 것이다. 이런 세계 속에서는 자아도 부정적이고 결핍된 상태가 된다. 오히려 서정시의 본질적인 측면을 고려하면 자아의 결핍되고 부정적인 정서가 자연 이미지에 그대로 동일시되는 상황이라고 하겠다.

이런 자연 상태는 전통적인 서정시에서와는 달리 자아를 결핍된 상태로부터 구원해 주지 못하고, 오히려 자아의 정서를 그대로 표출하는 도구로 작동한다. 자연 이미지의 이러한 특징은 기독교적 서정시가 기반하고 있는 세계관을 이해하는 중요한 단서가 된다. 자연이 자아의 정서나 마음의 상태에 따라 메마르고 결핍된 이미지로 형상화된다는 것은 자연 자체가 절대화되거나 신성시되지는 않는다는 것을 말해 준다.

전통적인 서정시와 같이 자연이 절대적인 존재로 형상화된다면, 자연 공간은 그것을 바라보는 자아의 상태나 정서가 어떠하든 상관없이 자아에게 안식과 평안을 줄 수 있는 완전한 존재로 그려질 것이다. 이러할 때 자연 공간은 결핍에 빠져 힘겨워하는 자아에게 시적 구원을 제공하는 공간으로 역할하게 된다.

풍진 세상을 등지고 자연 속으로 들어갈 때 진정한 안식을 얻는 고전시가의 자연 공간이나, 그것을 이어받은 현대의 전통적 서정시에 형상화된 자연 공간의 이미지가 바로 그러하다. 그러한 세계관 속에서 자연은 완전성을 지니고 우주의 이법을 담아내는 세계가 되어, 결핍이 많고 힘겨운 세속의 삶을 초월할 수 있는 안식과 구원의 공간으로 형상화되는 것이다.

기독교적 서정시에서 형상화되는 자연 이미지는 이와는 다르다. 기독교적 세계관에서는 자연 또한 인간과 마찬가지로 하나님의 창조물 중의 하나에 불과하기에, 신성시되거나 절대화되어서는 안 된다. 구약의 십계명에서는 자연을 절대화하는 것을 철저하게 금기로 여기는 조항이 존재한다.[2] 자연 사물을 우상으로 섬기지 말고 절하지 말라는 것이다. 이것은 자연 자체를 절대화하거나 신성시하지 말라는 것이며, 그러한 관점에서 기독교적 서정시에 형상화되는 자연 공간은 신성시되거나 절대화되지 않는다.

기독교적 서정시에서 자연 공간이 이렇게 이미지화되는 이유는 그 자연 너머에 존재하는 절대자로서의 신을 인정하는 기독교적 세계관으로부터 나온다. 하나님의 존재는 인간이 내적 위안과 안식을 얻기 위해 자연에 매달릴 필요가 없도록 만들어준다. 자연조차도 인간과 마찬가지로 신의 창조물 중의 하나이며 절대적 존재가 아니기에 그것에 신성을 부여하고 섬길 필요가 없다. 사람들이 바라는 위

---

2) 출애굽기 20:4-5. "너를 위하여 새긴 우상을 만들지 말고 또 위로 하늘에 있는 것이나 아래로 땅에 있는 것이나 땅 아래 물 속에 있는 것의 어떤 형상도 만들지 말며, 그것들에게 절하지 말며 그것들을 섬기지 말라."

안과 안식이 자연으로부터 나오는 것이 아니기 때문이다.

기독교적 세계관에서 구원은 하나님의 은혜의 산물이다. 진정한 평안과 안식은 자연에 귀의함으로써 자연으로부터 얻어내는 것이 아니라, 하나님으로부터 오는 은혜로 얻는 것이다. 그러므로 전통적인 서정시와는 달리 자연을 절대화하지 않고도 평안과 안식을 얻을 수 있다. 그러므로 기독교적 서정시에서는 자연 자체를 절대화하지 않는다.

기독교적 서정시에서도 낙원으로서의 자연이 형상화되기는 하지만, 전통적인 서정시의 자연 이미지와는 다른 모습을 보인다. 낙원으로서의 자연 공간이 존재하는 방식이 전통적인 세계관과는 다르기 때문이다. 낙원으로 형상화된 자연 공간 속에서 풍요나 안식, 평화와 화해와 같은 긍정적인 정서들을 누리기도 하지만, 그 자연 공간 자체를 완전하고 신성한 절대의 세계로 바라보지는 않는다. 기독교적 서정시에서 자연 공간은 하나님과의 관계에 의해 정서가 결정되고, 신의 세계 혹은 절대의 세계를 드러내는 도구로 사용된다.

서정시에서 자아가 여러 형태의 결핍으로부터 구원을 얻는 것은 매우 중요한 요소 중의 하나이다. 힘겨운 일상을 살아내야 하는 자아에게 안식과 구원을 주는 평안의 세계는 반드시 필요한데, 전통적 서정시에서 그 역할을 담당했던 것은 자연 공간이다. 그래서 이런 시에서 자연 이미지는 훼손되지 않는 절대성과 신성성을 지닌 존재로 형상화되었다. 그런데 기독교적 세계관 속에서 자연은 그러한 역할을 수행할 필요가 없을 뿐만 아니라 해서도 안 되는 존재이다. 창조된 존재 중의 하나인 자연 사물을 절대화하거나 신성시하는 것 자체가 기독교적 세계관과 어긋나기 때문이다.

기독교적 서정시에서 낙원으로 형상화되는 자연 공간은 절대자로서의 하나님과 연결됨으로써 신의 신성성을 발현하는 공간으로 작동한다. 이때 자연 공간은 하나님의 은혜를 인간에게 전해주는 통로가 되기도 한다. 자연 공간이 하나님과 연결되어 있으면 이러한 과정이 일어난다. 그러나 이런 자연 공간도 하나님과의 관계가 단절되면 그 공간은 오히려 부정적이고 부족함이 넘치는 결핍의 이미지로 형상화된다. 쉽게 말해 신과의 관계에 의해 자연 이미지가 규정되는 것이다.

서정시에서 자연이 신과의 관계를 맺는다는 말은 자아가 신과의 관계를 맺는다는 말과 동일하다. 서정시에서 자아와 자연은 동일성으로 연결되기 때문이다. 자아와 신과의 관계가 온전히 연결될 때 자연 공간은 하나님과의 관계가 이루어져서 하나님으로부터 오는 은총을 경험하는 낙원 공간이 되고, 자아와 신과의 관계가 단절될 때 자연 공간은 하나님과의 연결 관계를 상실하고 결핍의 이미지를 지닌 부정적 공간이 된다.

이렇게 보면 기독교적 서정시에서 자연 이미지는 자아의 정서를 담아내는 그릇으로 작동하거나, 자연 너머에서 존재하는 절대자인 하나님의 은혜를 담아내는 그릇이 된다. 자연 이미지가 하나님의 은혜와 축복을 담아낼 때 안식과 평안을 지닌 낙원으로 그려지는데, 이는 하나님이 다스리는 천상적 질서를 담아내는 공간으로 형상화되기 때문이다. 이와 달리 자연 이미지가 하나님과의 연결 관계를 상실한 자아가 살아낼 수밖에 없는 일상의 정서를 담아낼 때 결핍과 부족이라는 정서를 지닌 이미지로 형상화되는 것을 볼 수 있다.

자연 공간이 낙원 이미지로 형상화되기도 하고 부정적이고 결핍된 이미지로 형상화되기도 한다는 점은 중요한 의미를 지닌다. 자연이 신성화되지 않기에 두 가지 이미지가 모두 가능한 것이다. 자연 공간이 무조건적으로 안빈낙도의 공간으로 이미지화되는 것이 아니라, 인간의 힘겨운 삶을 그대로 노출하는 결핍의 공간으로 이미지화되기도 하는 것이다.

박목월의 시 「나무」

기독교적 서정시에서 결핍으로서의 자연 이미지는 먼저 차갑고 메마른 공간이라는 이미지를 지닌다. 일반적으로 서정시에서 차가움이나 메마름은 생명력의 상실을 의미하고, 그래서 왕성한 생명력을 내포하는 풍성함이나 따뜻함의 상대어가 된다. 박목월의 중기시에 형상화되는 현실 공간이 자주 이런 양상으로 나타난다. 박목월의 초기시에서 자연은 밝은 빛을 지닌 긍정적 공간으로 그려지는 경우가 많았다면, 중기시3)에 이르면 자아가 살아가고 있는 현실 공간 전체가 어둡고 암울하며 차가운 자연으로 이미지화된다.

　　유성(儒城)에서 조치원(鳥致院)으로 가는 어느 들판에 우두커니 서 있는 한 그루 늙은 나무를 만났다. 수도승(修道僧)일까. 묵중(黙重)하게 서 있었다.

　　다음 날은 조치원(鳥致院)에서 공주(公州)로 가는 어느 가난한 마을 어귀에 그들은 떼를 져 몰려 있었다. 멍청하게 몰려 있는 그들은 어설픈 과객(過客)일까. 몹시 추워 보였다.

　　공주(公州)에서 온양(溫陽)으로 우회(迂廻)하는 뒷길 어느 산마루에 그들은 멀리 서 있었다. 하늘문(門)을 지키는 파수병(把守兵)일까. 외로와 보였다.

　　온양(溫陽)에서 서울로 돌아오자, 놀랍게도 그들은 이미 내 안에 뿌리를 펴고 있었다. 묵중(黙重)한 그들의. 침울(沈鬱)한 그들의. 아아 고독한 모습. 그 후로 나는 뽑아낼 수 없는 몇 그루의 나무를 기르게 되었다.

　　　　　　　　　　　　　　　　　　　　　－ 박목월, 「나무」

---

3) 박목월의 시세계에서 중기시는 주로 시집 『난·기타』(1956), 『청담』(1964)에 실린 시들을 말한다.

이 시에서 자아는 여러 장소에서 나무를 만난다. 유성에서 조치원 가는 길, 조치원에서 공주 가는 길, 그리고 공주에서 온양으로 우회하는 뒷길 등에서 만나는 나무들은 때로는 한 그루일 때도 있고, 때로는 여러 그루가 모여 서 있는 경우도 있다. 이 나무들이 시에서 하나로 모일 수 있는 것은 외양이나 종류가 아니라 그 나무들이 내포하고 있는 이미지의 공통성이다. 이 나무들은 모두 차갑고 어두우며 외로운 이미지로 형상화된다.

첫 행에서 자아는 유성에서 조치원으로 가는 길에서 한 그루의 나무를 만나는데, 그 나무는 "늙은 나무"로 서술된다. "수도승"인 것 같다는 추측으로 여러 가지 의미망을 부여한다. 자신이 추구하는 진리 혹은 도를 얻기 위해 노력하는 자, 그러한 도를 얻기 위해 육체적인 여러 가지 욕망을 벗어나려고 애쓰는 자, 혹은 그것을 위해 일상의 즐거움이나 부유함 혹은 편안함을 포기하고 가난이나 고행을 스스로 선택한 자와 같은 이미지가 "수도승"이라는 하나의 단어 속에 자연스럽게 스며들어 독자에게 다가온다.

수도승에 따라오는 이러한 이미지 속에는 물론 긍정적인 정서가 다분히 스며들어 있을 수 있다. 일상을 넘어서 진정한 진리를 찾아나서는 자의 용기 같은 것들이 있을 수도 있고, 힘차게 진리를 향해 나아가는 동안 자연스럽게 드러나는 열정이나 성숙이 주는 아름다움 같은 성품들이 거기에 내포되어 있을 수도 있다.

자아는 그러나 이 나무를 "수도승"에 비유하면서 "우두커니 서

있는" 늙은 나무로 그려낸다. 게다가 그 늙은 나무는 "묵중하게" 서
있다. 여기서 "늙은"이라는 수식어는 진리를 향한 뜨거운 열정이나
진리의 편린이라도 발견한 자의 내면적 기쁨 같은 것과는 거리가 먼
단어로 다가온다. '묵중하다'는 표현조차도 진리를 깨달은 자의 무
거운 입이 아니라, 그저 할 말을 잃어버린 노인의 이미지로 독자
에게 다가오는 것이다. 결국 이 "수도승"은 늙을 때까지 열심히 수
행하고 진리를 만나기 위해 노력하였지만 그 세계에 도달하지 못하
고, 그것 때문에 오히려 좌절하는 한 늙은 수도자의 모습으로 그려
진다.

  "우두커니 서 있는"이라는 표현은 이러한 수도자의 이미지를 더
욱 선명하게 부각시킨다. 진리를 발견한 자는 그 진리를 향하여 자
신을 던져 헌신하는 열심이나 온전함이 우러나올 수밖에 없으며, 그
래서 그런 수도자에게는 그만큼의 에너지나 기쁨, 온기가 겉으로 표
현될 것이다. 어디로 가야 할지 명확하게 알게 된 자의 시선에는 자
연스럽게 힘이 들어갈 것이며, 그런 깨달음을 얻은 자의 발걸음은
당연히 힘이 있을 것이기 때문이다. 그런데 자아의 눈에 비친 그 나
무는 "우두커니 서 있는" 상태이다. 어디로 가야 할지, 무엇을 해야
할지 몰라 막막해 하는 심정이 이 한 구절 속에 그대로 드러난다.

  그 나무가 "늙은" 나무라는 것은 이런 상황을 더욱 악화시킨다.
아마도 이 수도승은 젊음이라는 긴 시간을 진리의 세계에 도달하
기 위한 노력과 정진, 절제나 고행 같은 것들로 가득 채웠을 것이다.

그런데 그 노년은 오히려 얻은 것이 없는 텅 빈 마음처럼 다가온다. "우두커니"라는 단어 속에 녹아 있는 정서의 한 자락을 이렇게 유추해 본다면, "늙은 나무"는 자신이 추구하던 진리를 발견하지 못한 수도승이 이제까지 자신이 걸어온 길을 회한어린 시선으로 바라보는 그런 정서가 자리 잡고 있다고 하겠다.

그러하기에 그 나무가 "묵중하게 서" 있는 모습은 참으로 많은 것을 독자에게 전달해 준다. 묵중하다는 것은 침묵하고 있는 입과 거의 움직임이 없는 잠잠한 몸짓을 말한다. 이 단어는 여기서 인생의 의미나 가치와 같은 것들에 대해 깨달음을 얻는 자의 진중하고 깊이 있는 태도와 같은 긍정적인 의미망으로 사용되고 있다고 보기는 어렵다. 오히려 이 단어는 "우두커니" 서 있는 나무의 이미지와 연결되어 삶의 목적 혹은 목표를 잃어버린 자의 좌절감이나 헛헛함이라는 정서를 내포한다. 나아가야 할 방향을 잃어버리고 침묵 속에서 무겁게 가라앉아 있는 늙은이의 어두운 이미지가 그대로 이 나무에 투영되어 있다.

다음 행에 나타나는 나무의 부정적인 이미지는 더욱 노골적이다. 조치원에서 공주로 가는 길에서 만난 나무는 떼를 지어 몰려 있는 나무 군락으로 묘사된다. 나무들이 함께 모여 있는 것이 이 시에서는 부정적인 이미지를 더하는 묘한 상황을 만나게 된다. 그 나무들이 서 있는 방식과 그들이 서 있는 공간이 부정적 이미지를 만들어 내는 이유가 된다.

일반적으로 연약한 존재들조차 함께 모여 있으면 힘겨운 상황에서도 상호작용하면서 함께 그 어려움을 극복할 수 있는 따뜻함이나 힘을 얻기도 한다. 그런데 이 시에서 자아는 그렇게 몰려 있는 나무를 "멍청하게 몰려 있는" 존재로 묘사한다. 나무들이 "멍청하게" 몰려 있다는 것은 그런 모습 자체가 자아에게 부정적으로 다가오고 있음을 말해 준다.

멍청하다는 것은 먼저 그렇게 서 있는 것 자체가 지혜롭지 못하다는 판단으로 볼 수 있다. 그렇게 몰려 있는 것만으로는 그들이 처한 어려운 상황을 이겨낼 수 있는 현명한 대처가 되지 못한다는 안타까움이 여기에 자리하고 있다. 자아가 보기에 그렇게 가난한 마을 어귀에서 몰려 서 있는 나무들은 그들에게 당장 필요할 것 같은 따뜻함을 얻을 수 있는 방법을 쉽게 얻기 어려워 보인다. 그래서 그들은 "몹시 추워" 보이는 모습으로 마을 어귀에 서 있을 수밖에 없는 것이다.

그렇게 서 있는 나무가 "과객", 즉 지나가는 길손 같은 것으로 인식된다면, 멍청해 보인다는 그 표현이 가지고 있는 의미를 나름 짐작해 볼 수 있다. 그 마을에 사는 사람들조차 가난한 형편상 추운 날에 따뜻함을 찾기 어려운 상황일 수 있고, 그런 곳을 지나가는 과객은 그 마을에서 따뜻함을 얻기는 매우 어려울 것이다. 가난한 마을 앞에서 추위에 떨면서 몰려 서 있는 나무들은 그래서 멍청해 보일 수 있다.

또 다른 면을 생각해 보면 "멍청하게 몰려 있"다는 표현은 나무들이 서 있는 모습이 멍청해 보인다는 것으로 읽을 수도 있다. 상황과 상관없이 서 있는 모습 자체가 멍청해 보인다는 표현으로 읽을 수도 있는 것이다. 나무들이 몰려 선 모습이 멍청해 보인다는 것은 자아의 입장에서는 더욱 심각한 내적 상황을 보여주는 표현이다. 멍청해 보이는 나무들은 생명을 유지하거나 발전시킬 수 있는 방법이나 목적을 잃고 그저 추위에 떨면서 서서히 죽어가는 상황일 수 있다. 이렇게 보면 멍청하게 서 있는 나무는 자체의 활력이나 생명력, 생명이 지닌 따뜻함 같은 것들을 상실하고 서서히 소멸해 가는 상태일 수 있다.

이런 두 가지 상황 모두에서 "과객"인 나무는 자신들이 바라보고 있는 마을에서 안식을 얻기가 쉽지 않아 보인다. 그 마을의 구성원이 아니기에 환영받지 못하는 존재들이기 때문이다. "몹시 추워" 보인다는 것은 그렇게 서 있는 시공간 자체가 추운 날의 시골 마을임을 보여주는데, "과객"은 그런 상황에서 지나가는 길손에 불과하다. 그 마을에 들어가서 쉴 수 없는 이방인이다. 자아는 나무들이 마을 안으로 들어가지 못하고 마을 앞에 몰려 있는 이유가 그것이라고 주장하고 있다. 결국 자아에게 그 나무들은 안식할 수 없는 공간에서 따뜻함 혹은 쉼을 얻고 싶어 하는 '멍청한' 존재로 다가온다.

다음 행에서 자아는 공주에서 온양으로 가는 길에서 또 다른 나무를 만난다. 그 나무들은 여러 그루들이 모여 있기는 하지만 자아로부터 상당히 멀리 떨어져 있는 상태로 그려진다. 나무들은 어느 산마루에 여러 그루가 모여 서 있으며, 외로운 분위기를 보이고 있다. 앞 행에서는 나무들이 마을 입구에 몰려 서 있었지만, 여기서는 어느 산마루에 모여 있다. 그러한 차이에도 불구하고 외롭다는 부정적인 정서는 유사하다.

자아는 그 나무들을 "하늘문을 지키는 파수병"이라고 묘사한다. 일반적으로 "하늘문"이라면 하늘로 향하는 문, 즉 힘겨운 현실을 넘어설 수 있는 구원으로 향하는 문이라고 생각한다. 그런데 이 시에서 자아는 "하늘문"을 통해 그 너머의 세계로 가고 싶은 의지를 표현하지 않는다. 그저 문이 있고 그것을 지키는 파수병이 있다는 무심한 서술이 있을 뿐이다. 게다가 그 문은 공주와 온양을 잇는 주 도로에 맞닿아 있는 것이 아니라, 사람들이 많이 다닐 것 같지 않은 "우회로"의 "뒷길"에 존재한다. "뒷길"이라는 단어는 이 하늘문이 사람들이 많이 찾지 않는 문이라는 의미를 내포한다. 사람들로부터 잊혀져버린 존재와 같은 문이 그렇게 놓여 있다.

이런 문을 지키고 있는 자들에게 나타나는 주된 정서가 외로움이라는 것은 자연스럽다. 차가운 겨울에 아무도 찾지 않는 오래된 성벽 아래에 나 있는 성문을 지키고 선 병사들 같은 이미지이다. 게다가 이 시 전체의 계절을 생각해 보면 이들 나무는 풍성한 이파리도 모두 떨어져버린 겨울 가지라 생각된다. 차가운 날씨에 옷도 제대로 입지 못한 파수병이 추위에 떨면서 그 문을 지키고 서 있다면, 몇 그루의 나무들이 모여 있다고 해도 차갑고 외로운 이미지가 자연스럽게 환기될 수밖에 없다.

마지막 행에서 자아는 앞의 행에 제시된 나무들의 여러 가지 이미지들을 자신의 내면과 하나로 통합시킨다. 자신의 삶이 이루어지는 주된 공간인 서울로 돌아오자, 그 나무들이 모두 자신의 내면에 뿌리내리게 되었음을 인지한다. 그 나무들은 그런데 자아가 처음 그 나무들을 만났을 때 느꼈던 부정적 정서를 그대로 지닌 채 통합된다. "묵중한 그들의, 침울한 그들의, 아아 고독한 모습"은 처음 각각의 나무들을 만난 자리에서 그 나무들이 가지고 있던 정서이다. 이런 정서가 하나로 통합되면서 자아의 내면 정서를 형성한다. 이제 묵중하고 침울하고 고독한 나무의 이미지가 자아의 정서와 하나가 된다.

일반적으로 전통적인 서정시에서 자연 공간은, 세속에 시달린 자아가 자연 속으로 귀의하여 안식과 평안을 누리는 구원의 공간으로 형상화된다. 그때 자연은, 싱싱한 생명력을 지닌 나무나 풀들이 화려하고 생동감 넘치는 풍성함을 지니고서 세속에 상처받은 자아의 내면을 치유하고 생명력을 회복시키는 존재로 그려진다. 그래야 자아가 그 자연 속으로 귀의하여 고갈된 생명력을 회복하고, 다시 새로운 삶을 살아갈 힘을 얻을 수 있기 때문이다.

이 시에서 자아는 이러한 자연 이미지와는 상당히 다른 모습으로 자연 공간을 그려낸다. 나무로 대표되는 자연 이미지가 침울함,

차가움, 외로움과 같은 부정적인 정서들에 의해 지배되고 있는 것이다. 자연 공간은 여기서 풍성함이나 넘치는 생명력이 아니라 결핍과 부족이 지배하는 공간으로 이미지화되고 있다.

박목월의 시「하관(下棺)」

박목월 시에서 자연이 이렇게 어둡고 암울한 결핍의 세계로 그려지는 이유를 찾는 것도 시인의 세계관을 이해하는 중요한 작업이다. 여러 논자들은 박목월 시인의 중기 시세계의 특징을 주로 자아가 실제 생활하는 "생활의 공간"[4]에 대한 서술이라고 말한다. 이 세계는 그런데 초기의 시세계에서 형상화하는 자연 공간과는 상당한 차이를 보인다.

「청노루」나「산도화」같은 초기시에서 시인은 밝고 환한 자연 세계를 주로 그려왔다면, 중기에 들어서면서 시인의 시선은 주로 자아가 살아가는 생활공간으로 향한다. 중기시에서 이 현실 공간은 자아를 억누르는 어둡고 차가운 공간이 된다. 그 세계는 "눈과 얼음의 길"[5]로 만들어진 공간이기도 하고, "비가 변한 눈이 오는 공간"[6]으

---

4) 김재홍,『한국현대시인연구』(서울: 일지사, 1990), 351.

5) 박목월 시「가정」중에서.

6) 박목월 시「밥상 앞에서」중에서.

로 묘사되는 공간이기도 하다. 현실 공간이 부정적이고 암울한 정서로 덮여 있는 것이다. 이 정서는 자연을 바라보고 묘사하는 자리에서도 그대로 작동한다. 이러한 부정적 이미지는 그것이 '죽음'을 내포하게 될 때 더욱 선명하게 이미지화된다.

관(棺)이 내렸다.

깊은 가슴안에 밧줄로 달아내리듯.

주여.

용납(容納)하옵소서.

머리맡에 성경(聖經)을 얹어주고

나는 옷자락에 흙을 받아

좌르륵 하직(下直)했다.

                    *

그후로

그를 꿈에서 만났다.

턱이 긴 얼굴이 나를 돌아보고

형(兄)님!

불렀다.

오오냐. 나는 전신(全身)으로 대답했다.

그래도 그는 못들었으리라.

이제

네 음성(音聲)을

나만 듣는 여기는 눈과 비가 오는 세상.

        *

너는

어디로 갔느냐.

그 어질고 안스럽고 다정한 눈짓을 하고.

형님!

부르는 목소리는 들리는데

내 목소리는 미치지 못하는.

다만 여기는

열매가 떨어지면

툭하는 소리가 들리는 세상.

               – 박목월, 「하관(下棺)」

이 시에는 '죽음'이라는 숙명적인 한계 앞에서 이제는 닿을 수 없는 동생을 보고 싶어 하는 자아의 애틋한 마음이 서술된다. 1연에서는 죽은 동생을 마지막으로 묘지에 묻는 하관 장면이 그려지고, 2연과 3연에서는 꿈에서 만나는 동생에 대한 애틋하고 안타까운 마음이 그려지고 있다. 이런 이미지들을 통해 자아는 죽은 동생과 더 이상 소통할 수 없다는 데서 오는 안타까움을 표현한다.

이 시에는 두 개의 세계가 선명하게 나뉘어져 있다. 하나는 자아가 살아가는 현실 세계이고 다른 하나는 죽은 동생이 들어가는 죽음 이후의 세계이다. 이 두 세계 사이에는 죽음이라는 인간 존재의 본질적인 한계가 가로놓여 있어 서로 쉽게 넘나들거나 상호 의사소통도 불가능한 세계이다. 자아는 꿈에 나타난 동생이 자신을 '형님'이라고 부르는 소리를 듣고 '전신(全身)으로'(즉, 온몸으로) 대답하지만 동생은 그 대답을 들을 수 없을 것이라고 깨닫는다. 자아와 동생 사이에는 도달하기 힘든 거리감이 가로놓여 있다.

3연에서 자아는 다시 반복하여 "내 목소리는 미치지 못하는" 거리감으로 표현한다. 자아와 동생 사이의 소통을 불가능하게 만든 이 거리감은 두 세계 사이의 단절을 선명하게 보여주는 이미지이다. 이렇게 나뉜 두 세계를 바라보는 자아의 시선을 통해 독자는 시인이 어떤 세계를 지향하고 있는지 짐작할 수 있다.

자아에게 동생의 죽음은 깊은 아픔을 주는 사건이다. 그래서 자아는 "깊은 가슴 안에 밧줄로 달아내리듯" 동생의 주검을 내려놓을 수밖에 없다. 그 밧줄의 깊이와 길이만큼의 아픔과 안타까움이 자아를 지배하고 있다. 그러한 감정의 깊이를 품고 자아가 "주님"께 드리는 기도 한 구절은 많은 것을 말해 준다.

동생의 주검 앞에서 자아는 "머리맡에 성경을 얹어주고"는 "주여/용납하옵소서."라는 간절한 기도를 올린다. 이 기도문에는, 동생이 죽어서 가는 세계가 '주님'이 다스리는 세계이며, 그래서 그 세계를 들어가기 위해서는 '주님'의 허락이 필요하다는 인식이 깔려 있다. 그 세계 속에 동생이 들어가기 위해서는 '주님'의 "용납"이 필요하다. "용납"은 '받아들임' 혹은 '수용'이라는 뜻을 지닌 단어로, 여기서는 하나의 세계 속으로 들어오도록 용인하는 것이라는 의미로 확장되어 있다. 자아에게 동생의 죽음은 주님이 다스리는 그 세계 속으로 들어가는 과정이며, 그래서 그 세계를 주관하는 '주님'께 동생을 받아주기를 간절한 마음으로 기도한다.

이러한 표현의 이면에는 긍정적인 관점에서 그 세계를 바라보는 자아의 시선이 깔려 있다. 죽어서 동생이 가게 되는 죽음 이후의 세계가 생명을 상실한 영혼이 경험할 차갑고 두려운 지옥이 아니라, 오히려 따뜻하고 포근하며 긍정적 이미지를 지닌 세계로 이미지화된다. 기독교적 관점에서 보면 동생이 죽어서 가는 그 세계는 주님이 다스리는 세계, 즉 천국을 의미할 것이다. 그러한 세계에 동생이 들어감을 허락해 줄 것을 간절한 마음으로 기도하는 자아의 기도에는, 그 세계가 현실 세계보다 더 따뜻하고 포근하며 안식을 누릴 수 있는 세계라는 의식이 은연중에 묻어 있다. 자아는 또한 그 세계 속으로 들어가는 동생의 성품을 통해 이러한 면을 부각시키고 있을 뿐만 아니라, 자신도 그 세계 속으로 들어가고 싶어 하는 마음을 은근하게 내비친다.

꿈에 나타난 동생은 "어질고 안스럽고 다정한 눈짓"을 하고 형을 바라본다. 자아에게 동생은 어질고 다정한 사람이며, 그런 사람이 죽어 들어가는 세계는 자연스럽게 긍정적인 세계로 인식된다. 어질고 다정하다는 것은 성품이 따뜻하다는 말이며, 그런 사람을 받아들이는 세계 또한 마찬가지로 따뜻하고 포근한 안식의 세계로 이미지화되는 것이다. 그래서 그 세계는 일반적으로 죽어서 가는 고통의 지옥이나 차가운 죽음의 공간이 아니라, 오히려 '주님'이 다스리는 따뜻하고 포근한 안식의 세계가 된다.

꿈에 나타난 동생이 안쓰러운 눈빛을 하고 형님을 바라보고 있다는 구절 또한 의미심장하다. 안쓰럽다는 것은 미안한 감정과 함께 안타까움 같은 정서도 묻어 있는 단어이다. 이 단어는 자신의 죽음을 안타까워하는 "형님"에 대해 동생이 느끼는 미안함이라는 정서가 담겨 있는 것으로 읽을 수도 있다. 그런데 여기에서는 자신이 가 있는 그 따뜻한 안식의 세계에 아직 오지 못하고 차가운 현실 세계에 남아 있을 수밖에 없는 "형님"에 대한 안타까움이 담겨 있는 것으로 읽을 수도 있다. 죽어서 그 세계로 넘어간 동생이 오히려 현실에 남아 있는 "형님"을 안쓰러운 감정을 담아 바라보고 있는 것이다. 자아가 현실 세계를 묘사하고 표현하는 단어를 살펴보면 여기서는 오히려 후자의 경우가 더 분명해 보인다.

자아는 자신이 발붙이고 살고 있는 현실 세계를 2연에서 "눈과 비가 오는 세상"으로 묘사한다. 눈과 비가 오는 세상은 차가움이 지배하는 겨울의 세상, 다시 말해 생명력이 극도로 위축되고 점점 소멸해 가는 세계를 말한다. 자아의 시선으로 볼 때 현실 세계는 차가운 세계이며, 그래서 오히려 동생이 죽어서 건너간 그 세계가 더 따뜻하고 풍성한 세계인 것처럼 다가온다.

뿐만 아니라 자아가 서 있는 현실 공간은 "열매가 떨어지면/툭하는 소리가 들리는 세상"이기도 하다. 생명력이 살아있고 그래서 풍성하고 따뜻한 세계라면, 열매는 새로운 생명을 싹틔울 수 있는 축복의 씨앗이 될 수 있다. 그러나 이 시에서 현실 공간은 열매가 떨어지면 그냥 "툭하는 소리가" 들릴 뿐인 세상이다.

열매가 떨어진다는 것은 여기서 동생의 죽음과 연결되어 살아있던 자가 죽는 사건을 의미한다. 이제까지 주변에서 함께 교류하며 살아가던 사람이 죽는다는 것은 엄청난 충격과 안타까움을 주는 사건이 된다. 세계의 한 부분이 허물어지는 듯한 경험을 할 수도 있는 상황이다. 여기서 자아는 바로 그런 감정을 경험하고 있음이 분명하다.

그런데 자아를 둘러싸고 있는 현실 세계의 반응은 전혀 다르다. 동생의 죽음이 그저 "툭하는 소리" 하나로 남을 뿐인 것이다. 이런 반응은 동생의 죽음 앞에서 그렇게 안타깝고 안스러운 감정을 느끼는 자아의 감정과는 너무 다르다. 자아에게 이 세계는 죽음조차도 무의미하고 무가치한 하나의 사건으로만 받아들이는 차갑고 메마른 세계로 다가온다.

이런 세상은 동생이 죽음을 통해 건너가 만나는 따뜻하고 포근한 안식의 세계와 대비된다. 자아가 살아가고 있는 현실 공간이 오히려 동생이 건너간 죽음 이후의 세계보다 더 차갑고 메마른 공간으로 이미지화되는 것이다. 그러하기에 꿈에 나타난 동생이 현실 세계의 형님을 "어질고 안스럽고 다정한 눈짓"을 하고 바라보는 이미지가 이해가 된다.

시에서 그려내는 현실 세계는 그래서 풍성하고 안온한 안식의 공간이 아니라, 차갑고 메마른 결핍의 세계이다. 그 세계에서 자아는 동생의 죽음을 통해 현실 세계의 차가움을 인식하게 되고, 동생과의 관계의 단절까지 경험한다. 동생이 "형님"이라고 부르는 소리는 잘 들리지만 자아의 대답은 동생에게 닿지 못하는 세계. 현실 세계의 이러한 특징들은 "주님"이 다스리는 곳의 따뜻함이나 온화함과 대비되어 결핍이라는 이미지를 선명하게 드러낸다. 현실 공간이 이런 결핍의 세계로 형상화됨으로써 이 시의 자연 공간은, 박목월의 시 「나무」에서 형상화된 침울하고 차갑고 외로운 정서가 지배하는 결핍으로서의 자연이 된다.

+ **2** +

생명력이 위축되는 공간

결핍으로서의 자연 이미지는 김현승의 시에서도 자주 형상화된다. 특히 '고독'을 주제로 삼고 있는 그의 중기시[7]에서 형상화되는 자연은 주로 메마르고 차가운 결핍의 이미지로 그려진다. 1910년대에 목사가 된 아버지 아래에서 태어나고 자란 김현승 시인은 처음부터 마지막까지 기독교적 세계관에 바탕을 둔 시를 쓴다. 비록 그의 중기 시세계는 기독교 신앙에 대한 회의를 보여주기도 하지만, 이 또한 신과 인간에 대한 고뇌와 갈등을 다루고 있어 기독교적 세계관

---

7) 김현승의 중기시는 시집 『견고한 고독』(1968년)과 『절대고독』(1970년)에 실린 시들이 주로 발표된 시기를 말한다.

안에 있다고 할 수 있다.[8]

김현승 시인이 중기 시세계에서 주로 다루고 있는 '고독'은 어린 시절부터 항상 함께해 온 기독교에 대한 시인의 강한 회의를 보여준다. 아버지가 목사로서 목회를 하는 기독교 집안에서 자라고, 지속적으로 기독교 학교에서 교육을 받았으며, 초기시에서부터 기독교적인 세계관을 강하게 드러내는 시를 쓰던 시인이었다. 이런 시인이 이 시기에 와서는 하나님과의 관계에 대하여 심각하게 의심하고 고민하는 모습을 보인다.

신과의 관계에 대한 이러한 고민을 시인은 자신의 시에서 '고독'이라는 주제로 표현한다. 그런데 시인은 자신의 시에 형상화되는 '고독'을 "구원을 잃어버리는, 구원을 포기하는 고독이다. 수단으로서의 고독이 아니라 나의 고독은 순수한 고독 자체일 뿐"[9]이라고 표현하고 있다. 이처럼 그에게 있어서 '고독'은 다른 사람들과의 관계 단절로 인해 경험하는 사회적 고립이 아니라, 신과의 관계 단절을 경험하는 자의 존재론적이고 종교적인 고독이다. 이 시기 그의 시집 제목인 '견고한 고독'이나 '절대 고독'은 시인의 이러한 고민과 갈등의 단면을 잘 드러내 준다.

여기서 시인이 말하는 '고독'의 특이한 점은 신의 존재 자체를 부

---

8) 금동철, 『김현승의 시세계와 기독교적 상상력』 (서울: 연암사, 2015), 146.

9) 김현승, 「나의 문학백서」, 『김현승 전집 2』 (서울: 시인사, 1985), 277.

정하면서 오는 고독이 아니라는 점이다. 시인은 신의 존재는 인정하면서도 자신과 신 사이의 관계가 단절된 상태를 고독이라고 표현한다. 그는 자신이 신과의 관계가 단절된 이유를 한 편의 시에서 표현하기도 한다. "신은 무한히 넘치어/내 작은 눈에는 들일 수 없고,/나는 너무 잘아서/신의 눈엔 끝내 보이지 않았다."[10]라고 쓰고 있다. 너무나 거대한 신과 그 앞에 선 왜소한 자아 사이의 대비에서 오는 괴리감과 분리감이 고독의 원인이라고 말하고 있는 것이다.

절대적인 존재인 하나님은 자아의 인식 체계를 넘어서 존재하는 너무나 무한하고 넘치는 존재이기에 자아는 그러한 신을 제대로 인지하기 어렵다. 자아로부터 신으로 향하는 연결선이 여기서 끊기는 것이다. 그렇지만 신으로부터 자아에게로 다가오는 연결선이 튼튼하다면 그 관계는 유지될 수 있다. 그러나 자아가 보기에는 자신이 너무 작은 존재여서 신의 눈에는 보이지 않을 것이라고 생각한다. 자아의 관점에서는 신으로부터 자아에게로 연결되는 선도 단절된 상태에 있는 것이다. 결국 자아는 신과의 연결선을 완전히 상실하고 고독에 처할 수밖에 없다. 이 시기의 시인이 말하는 고독은 이렇게 신과의 관계 단절이 불러오는 존재론적인 고독이다.

---

10) 김현승의 시 「고독의 끝」 중에서.

김현승의 시 「겨우살이」

신과의 관계 단절이라는 시인의 '고독' 의식은 이 시기의 그의 시에서 메마르고 차가운 공간으로 이미지화된다. 그러한 세계에서 자아의 생명력은 위축될 수밖에 없다.

마른 열매와 같이 단단한 나날,

주름이 고요한 겨울의 가지들,

내 머리 위에 포근한 눈이라도 내릴

회색(灰色)의 가란진 빛깔,

남을 것이 남아 있다.

몇 번이고 뒤적거린

낡은 사전(辭典)의 단어(單語)와 같은······

츄잉·검처럼 질근질근 씹는

스스로의 그 맛,

그리고 인색한 사람의 저울눈과 같은 정확(正確),

남을 것이 남아 있다.

낡은 의자(倚子)에 등을 대는

아늑함,

문 틈으로 새어 드는 치운 바람,

질긴 근육(筋肉)의 창호지,

책을 덮고 문지르는 마른 손등,

남을 것이 남아 있다.

뜰 안에 남은

마지막 잎새처럼 달려 있는

나의 신앙(信仰),

그러나 구약(舊約)을 읽으면

그나마 바람에 위태로이

흔들린다

흔들린다

− 김현승,「겨우살이」

이 시에서 자아를 비유하기 위해 사용된 다양한 자연 사물들은 차갑고 메마른 이미지로 그려진다. "마른 열매"나 회색 빛깔의 겨울 가지들, "마지막 잎새" 같은 어휘들을 사용하여 자아의 정서를 표현하는 것이다. 이러한 이미지들은 김현승 시인이 '고독'의 세계를 집중적으로 다루고 있는 중기의 시에서 자주 볼 수 있는 이미지들이기도 하다.

자아는 첫 연에서 '겨울' 이미지를 활용해 자신의 현재 상태를 형상화한다. 자아는 '겨우살이'와 동일시되어 있으며, 그 겨우살이가 얹혀 있는 나뭇가지의 모습이 첫 연에서 이미지화된다. 먼저 자아는 겨울을 "마른 열매와 같이 단단한 나날"이라고 서술한다. 일반적으로 열매라는 이미지에는 새로운 생명을 품고 있어 내년에 다시 싹을 틔울 수 있는 생명이라는 의미를 담는다. 그런데 여기서는 "마른"이라는 단어를 사용하여, 그 열매가 생명력이라는 단어와는 상당히 먼 거리에 있음을 드러낸다. 물을 내포한 촉촉한 땅에 자리 잡아야 발아할 수 있는 식물들의 존재방식에서 생각해 볼 때 '마르다'라는 단어가 풍기는 이미지는 반생명성 혹은 생명력의 상실로 다가온다.

생명력 상실이라는 이러한 이미지는 이어지는 "단단한 나날"이라는 구절에 의해 더욱 강화된다. "단단한"이라는 단어는 겨울이 내포하는 딱딱한 얼음의 시간을 환기시킨다. 물은 생명이 살아갈 수 있는 필수 요소이지만, 그 물이 굳어 고체가 된 얼음 세상 속에서는 생명이 살 수 없다. 시에서 "단단한"은 열매의 단단함으로부터 오는 형용사이기는 하지만, 부드러운 액체인 물이 딱딱한 고체로 변하면서 불러오는 생명력 상실의 상태를 환기시키는 형용사가 되기도 한다. 자연 사물에 생명이 깃들 때는 딱딱함이 아니라 부드러움이 중요하다.

열매가 보여주는 단단한 껍질은 그 속에 든 부드러운 생명을 보호하기 위한 단단함이다. 이렇게 보면 자연 사물에서 생명이 지닌 본질적인 속성 중의 하나는 부드러움이라고 할 수 있다. 부드러움이란 그래서 생명을 지시하는 중요한 표지 중의 하나가 된다. 이 구절에서 겨울이 "마른"과 "단단한"이라는 형용사로 이미지화됨으로써 자아가 살아가고 있는 그 시공간이 생명을 발아하고 자라게 하기에는 매우 어려운 상황임을 보여준다.

그 위에 "포근한 눈"이라도 내릴 수 있지만, 그것조차도 "회색의 가란진 빛깔"에 그칠 뿐이다. 겨울의 가지들은 그 내부에 다음해의 새싹으로 피어날 눈을 달고 있는 것으로 이미지화되는 경우가 많다. 딱딱한 가지 속에 새로운 생명 활동을 위한 부드러움이 내포되어 있다고 보는 것이다. 그런데 자아는 그것을 "회색"으로 이미지화함으로써 그 가지가 내부에 지니고 있는 생명력을 위축시켜 버린다. 결국 1연에서 자아는 단단하고 메마른 겨울이라는 시간 속에서 생명력을 상실하고 딱딱하게 굳어가는 열매 같은 메마르고 위축된 자연 이미지를 형상화하고 있다.

여러 논자들은 김현승 시에 나타나는 열매의 이미지를 견고함 속에 들어 있는 생명력이라고 지적하기도 한다.[11] 그의 시 전체를 살펴보면 열매는 딱딱하고 견고한 이미지로 형상화되기도 하지만, 그 속에 풍성한 생명력을 내포한 이미지로 형상화되기도 하기 때문이

---

11) 오세영, 『한국 현대시 분석적 읽기』 (서울: 고려대학교 출판부, 1998); 손진은, 「김현승 시의 생명 시학적 연구」, 최승호 편, 『21세기 문학의 유기론적 대응』 (서울: 새미, 2000).

다. "가장 아름다운 열매를 위하여 이 비옥한/시간을 가꾸게 하소서"(김현승, 「가을의 기도」 중에서)와 같은 구절이 대표적이다. 그런데 「겨우살이」에서 열매는 이러한 이미지를 지니지 않는다. 오히려 "마른" 혹은 "단단한" 등과 같은 형용사와 함께 이미지화되어, 생명력이 위축되고 소진되어 가는 열매로 형상화된다.

이런 열매는 다음 해 봄에 따뜻한 날씨가 회복되어도 새로운 생명을 피워낼 수 있을 것이라고 기대하기 어렵다. 이 열매는 내년의 새로운 부활을 꿈꾸며 그 속에 생명력을 넘치게 지닌 열매가 아니라, 오히려 차갑게 가라앉은 회색 빛깔의 겨울처럼 죽음이 드리워진 대지에 차갑게 안으로 응축된 껍질 같은 열매라고 할 수 있다. 그만큼 열매는 죽음의 이미지와 긴밀하게 연결되어 있고, 그래서 왕성한 생명력은 기대하기 어려운 상태에 처해 있다.

2연은 그런 시간 속에서 자아가 어떻게 살아가고 있는지를 보여준다. 자아는 자신의 시간을, "몇 번이고 뒤적거린/낡은 사전의 단어와 같은" 것으로 형상화한다. 사람들이 사전을 찾는 이유가 새로운 지식을 얻기 위해서라면, 그런 사전에서 몇 번이나 뒤적거린 단어라는 말은 너무 익숙해져버려 새로운 지식을 얻기 어려운 상태에 놓인 단어를 뜻한다. 새로운 지식이 주는 경이로움 같은 것들이 사라져버린 단어는 그래서 자아에게 죽은 것처럼 다가온다. 삶이 그렇다는 것은 살아가는 시간이 자아에게 새로움이나 경이로움을 주지 못하는 일상으로 가득 찬 차가운 시간일 뿐이라는 말이다.

그런 시간을 다시 "츄잉·검" 같은 것이라고 비유한다. 껌이 주는 단맛도 처음 씹을 때 잠시만 얻을 수 있는 산뜻한 맛일 뿐, 시간이 지나면 껌은 그저 맛없는 씹을 거리일 뿐이다. 자아에게 삶이란 바로 그런 느낌으로 다가온다. "질근질근 씹는" 삶의 시간들은, 몇 번이고 뒤적거린 낡은 사전의 단어와 같이, 똑같은 경험들이 무의미하게 반복되는 시간일 뿐이다. 이러한 상태에 놓인 자아에게 일상은 자동화된다. 익숙해져서 아무런 새로운 감정이나 의미를 내포하지 못하는 무미건조한 시간으로 채워진 삶이 되는 것이다.

이런 자아의 눈에 더 심각하게 다가오는 것은 그 시간들을 재단하고 있는 자신의 눈이다. "인색한 사람의 저울눈"과 같은 시선으로 그렇게 자동화되고 무미건조한 삶의 시간들을 바라보고 있기에, 삶은 더욱 팍팍하고 힘겹게 다가올 수밖에 없다. 정확한 숫자나 기준을 들이밀며 어떠한 여지나 여유도 허락하지 않는 까탈스러움이 세계를 인식하는 자아의 시선을 지배하고 있다.

"인색한 사람"은 여기서 필요한 자리에 자신의 부를 사용하지 않는 사람과 같은 금전적인 면에서 인색한 사람을 말하는 것이 아니라, 일이나 타인을 대할 때 엄밀한 저울대를 들이밀면서 기준대로 모든 것을 판단하고 결정하는 생활방식을 지닌 사람을 말한다. 삶은 자기가 정해 놓은 기준대로 이루어져야 하고, 옳고 그름은 정확하게 가려져야 하며, 항상 엄밀하게 삶을 재단하는 자리에 서는 그런 사람을 떠올릴 수 있다. 그런 삶 속에는 생명을 풍성하게 하는 따뜻함이나 포근함 같은 것들이 자리 잡기 어렵다.

3연에서 자아는 이제 "책을 덮고 문지르는 마른 손등"을 바라본다. 마른 손등은 여기서 "낡은 의자"로부터 온 '낡음'이라는 이미지와 "질긴 근육"으로부터 오는 '질기다'는 이미지와 함께 결합된다. "낡은 의자"는 오랫동안 사용되어 왔다는 익숙함 덕분에 "아늑함"이라는 긍정적인 단어로 이어지지만, 앞의 연에서 이어져 오는 부정적인 정서 때문에 "낡은"이라는 수식어가 더 선명하게 부각된다. 낡은 것은 익숙함이기도 하지만 새로움이 사라진 진부함이나 생명력이 소진되어버린 단단함으로 다가올 수도 있다.

여기에 겨울이라는 시간 때문에 "치운 바람"이 불어오고, 그 바람을 정면으로 맞는 손등은 마치 "질긴 근육의 창호지" 같은 이미지로 형상화된다. 근육은 생명이 지닌 활동성을 나타낼 수 있는 소재이지만, 여기서는 "질긴"이라는 단어로 수식된다. '질기다'라는 말은 부드러움 혹은 유연함과 대비되어 생명력을 잃어가는 늙은이의 마른 손으로 독자에게 다가온다. 새로운 생명의 힘을 한껏 발산하는 어린아이의 손과 비교해 보면 "질긴 근육"이 내포하는 의미망은 더욱 선명해진다. 오래 사용하여 곧 끊어질 것 같은 낡고 딱딱해진 근육이 된 것이다.

그런 근육으로 덮인 "마른 손등"은 자연스럽게 늙은이의 쇠약해져 가는 손등이 된다. 그래서 그 손으로 덮는 책은 마르고 단단하며 무미건조하고 맛없는 "낡은 사전" 같은 이미지와 비슷해진다. 새로운 지식이 주는 기쁨이나 생생함은 사라지고, 낡고 익숙한 시간들이 지배하는 비생명적 차가움이 그 책을 지배한다.

마지막 연에서 자아는 자신이 이러한 상황에 처한 이유를 설명한다. "마지막 잎새처럼 달려 있는/나의 신앙"이라는 구절에서 자아는 이처럼 생명력이 다하고 쇠잔해진 이유가 육체적 나이 때문만이 아니라 신앙의 문제와 연관된 것이라고 말한다. 자신의 신앙은 모든 것이 낙엽으로 떨어지는 가을날에 하나 남은 마지막 잎새처럼 겨우 명맥을 유지하고 있는 상태라는 것이다. O. 헨리의 단편 소설 제목을 생각나게 하는 이 표현은 여기서 언제 떨어져 사라져도 어색할 것 같지 않은 위태로운 신앙상태를 이미지화한다. 자아는 자신의 신앙이 마른 열매가 되어 생명력을 상실한 채 늙고 질겨진 근육처럼 쇠퇴해 가는 상태에 이르렀다고 토로하는 것이다. 그마저도 차가운 겨울바람에 단단하게 굳어가면서 끝없이 흔들리는 상태가 된다.

이 시 전체를 흐르는 이러한 신앙의 흔들림은 각 연의 마지막 행에서 반복되는 구절을 통해 더욱 강화된다. 1연에서 3연까지는 "남을 것이 남아 있다."는 구절을 반복하다가 마지막 연에서는 "흔들린다"는 구절을 두 번 반복하며 끝맺는다. 마지막 연에서 서술되는 "나의 신앙"이라는 구절을 고려하면, 1연부터 3연까지 마지막 행에서 반복되는 "남을 것"은 기독교 신앙이라고 해석할 수 있다.

자아는 이것을 '남아 있는 것'이라고 표현하는 것이 아니라 "남을 것"이라고 서술하고 있다. '남아 있을 수 있는 것' 혹은 '남아 있어야 하는 것'이라는 의미로 해석이 가능한 구절이다. 이렇게 보면 자아에게 기독교 신앙은 겨울이라는 그 차가운 계절에도 남아 있어야 하는 것으로 인식하고 있다. 시인에게 있어서 기독교 신앙은 부모로부터 물려받은 신앙이기도 하고, 중간에 신앙에 대해 회의하는 시간을 거치기는 하지만 마지막 세상을 떠나는 때까지 평생 동안 지킨 신앙이기도 하다.

이 시를 발표하는 그 시기에 시인은 기독교 신앙에 대해 강렬한 회의를 보이면서도 기독교 신앙을 온전히 떠나지 않았다는 점을 생각해 보면, 기독교에 대한 시인의 신앙은 그의 세계관에서 중요한 자리를 차지한다. 그렇게 본다면 "남을 것"은 '남아 있어야 하는 것'이라는 의미로 해석할 수 있다. 아무리 메마르고 차가운 겨울이라도 자아에게 "믿음"은 '남아 있어야 하는 것'이기에, 그 신앙이 흔들리는 경험은 자아에게 고민스럽고 힘든 시간으로 다가온다. 신앙의 흔들림을 경험하는 내면의 당혹스러움을 자아는 "흔들린다/흔들린다"는 반복을 통해 강렬하게 표현한다.

자신의 신앙이 흔들리고 있다는 점을 이렇게 강렬한 반복을 통해 서술하는 이 구절은, 바꾸어 생각해 보면 자아를 표현하던 여러 가지 자연 이미지들이 왜 그렇게 메마르고 차갑게 변해서 생명력이 상실된 형상으로 이미지화되고 있는지를 설명해 주는 이유가 된다. 시인에게 있어서 신앙의 흔들림은 어린 시절부터 자신의 삶을 지탱해 주던 믿음의 근원으로부터의 단절이요, 그래서 세상을 살아갈 힘과 능력을 근원에서부터 상실해 버렸다는 자의식과 맞닿아 있다.

신앙의 눈으로 볼 때 모든 존재는 자신의 존재 근원인 하나님과 연결되었을 때 가장 아름답고 찬란하며 풍성한 모습으로 살아난다. 하나님에 대한 믿음이 흔들린다는 것은 자아에게는 하나님과의 관계가 삭제당하는 상황을 말하며, 그런 상황에 놓인 자연은 마르고 단단하며 차가운 모습으로 형상화될 수밖에 없다.

그의 시세계에서 자연이 자주 결핍으로서의 공간으로 형상화되는 중요한 이유 중의 하나가 여기에 있다. 기독교 신앙에 대한 회의가 그와 하나님과의 관계를 단절하게 만들었고, 그 때문에 그의 시에 나타나는 자연 이미지가 결핍으로서의 자연으로 이미지화되는 것이다.

이 결핍의 이미지는 생명과 상대되는 자리에 놓인 죽음 이미지로 확장된다. "겨울의 가지들"이나 "질긴 근육의 창호지", "마른 손등" 같은 늙음의 이미지는 은연중에 죽음 이미지를 불러온다. 일반적으로 봄이나 여름이 자연의 풍성한 생명을 활짝 피어나게 만드는 계절이라면, 가을은 그러한 생명력의 결과물인 열매의 풍요를 누릴 수 있는 시간으로 생각한다. 그런데 이 시에서 자아는 생명이 살아내기 힘든 차가운 겨울이라는 시간을 사용하여 생명보다는 오히려 죽음과 더욱 가까운 이미지로 그려내고 있다.

정지용의 시 「조찬(朝餐)」

결핍으로서의 자연 이미지를 사용하고 있는 예는 정지용의 자연
시[12]에서도 발견할 수 있다. 정지용은 1930년대 후반에 산수화를
그리듯 여백의 미를 살리는 자연시를 다수 발표하는데, 여기에 형상
화되는 자연 이미지는 동시대 다른 전통 서정시인들의 시에서 나타
나는 자연과는 상당히 이질적인 모습을 지닌다. 이병기 같은 전통적
인 서정시인들의 시에 형상화되는 자연이 주로 여유롭고 풍요로운
낙원 이미지인 것과는 달리, 정지용의 자연시에서는 여위고 불안정
하며 부족함이 지배하는 결핍으로서의 자연 이미지가 자주 나타난
다.[13] 이것은 이 시기 정지용의 시세계에 기독교적 세계관이 자리하
고 있음을 보여주는 단서이기도 하다.

해ㅅ살 피여
이윽한 후,

머흘 머흘
골을 옮기는 구름.

---

12) 정지용은 1936년부터 1941년까지 20여 편의 자연을 소재로 한 작품을 발표하고 있는데, 이를
자연시 혹은 산수시라고 부른다.

13) 금동철, 「정지용 후기 자연시에 나타난 기독교적 자연관」, 『한민족어문학』 제51집(2007. 12.),
521.

길경(桔梗)[14] 꽃봉오리

흔들려 씻기우고.

차돌부리

촉 촉 죽순(竹筍) 돋듯.

물 소리에

이가 시리다.

앉음새 갈히여

양지 쪽에 쪼그리고,

서러운 새 되어

흰 밥알을 쫏다.

– 정지용, 「조찬(朝餐)」

이 시는 1941년에 발표한 시로, 정지용의 대표적인 작품 중의 하

---

14) 도라지를 뜻하는 한자어.

나이다. 마치 전통 산수화를 그리듯 하여, 자연 사물들을 간략하게 스케치하면서 여백의 미를 살리는 작품으로 평가하기도 한다. 짧은 행과 연으로 구성된 한 편의 시가, 아침 햇살에 막 깨어나는 자연의 선명한 정경을 독자의 마음에 환기하는 시이다.

이 시에서 주된 묘사 대상은 사람이 아니라 작은 한 마리의 새이다. 시의 제목이 말하는 것처럼 한 마리 작은 새가 아침의 햇빛을 받으며 일어나 아침 식사를 찾아 종종거리며 뛰는 모습이 담담하게 묘사되고 있다. 여기서 자아는 서정시의 일반적인 특징처럼 작은 새와 동일시되어 있어, 이 새의 묘사를 통해 여러 가지 정서를 전달한다.

시의 어조를 살펴보면 전체적으로는 간결한 어사를 사용하여 하나의 그림처럼 잔잔한 분위기를 보여주지만, 새가 처한 상황이나 처지를 구체적으로 살펴보면 삶의 자리에서 내몰린 자의 긴박함이 느껴진다. 이 시의 첫 연에서는 아침 해가 솟아오른 이후 어느 정도 시간이 흘러 조금은 포근해진 자연 공간을 그리고 있다. 그런데 이어지는 구름의 모습을 수식하는 "머흘 머흘"이라는 단어나 그 속에서 아침밥을 먹기 위해 양지쪽에 나서서 흰 밥알을 쪼아먹는 새의 모습은 상당히 급박하게 쫓기는 자의 모습을 이미지화한다.

1연에서 사용한 '이윽한'이라는 단어는 현대에는 주로 '이윽고'라는 단어로 사용되는 것으로, '한참이 지난 후에'라는 의미를 담고 있다. 아침 해가 솟아올라 한참이 지난 후의 시간이라면 햇살로부터 오는 따뜻함과 환하고 밝은 아름다움이 막 느껴지는 시간을 떠올리게 한다. 차갑고 어두운 밤을 지내온 생명들이 햇살의 따뜻함 덕분에 막 깨어나 활동을 시작하는 활기찬 시간을 생각하게 한다.

2연에서 "머흘 머흘"이라는 구름을 수식하는 단어는 그러한 정서를 차단하는 역할을 하고 있다. '머흘다'라는 단어는 '험하고 사납다'라는 의미의 옛말이다. 이런 단어의 의미를 생각하면 "머흘 머흘"이라는 구절은, 포근한 구름이 부드러운 바람을 따라 평온하고 여유롭게 흘러가는 모습보다는, 상당히 험악한 먹장구름이 바람을 타고 산을 넘어가는 모습을 상상하게 만든다.

이러한 느낌은 구름이 옮겨가는 현재의 시간이 햇살이 피어나고 한참이 지난 시간이라는 1연 때문에 더 크게 다가온다. 세찬 바람을 타고 와 밤새 비를 뿌리던 먹구름이 아침해가 떠오른 이후에도 여전히 험악한 모습으로 남아, 비가 그치고 잠잠해진 골짜기를 넘어가고 있는 모습으로 그려지는 것이다. "머흘 머흘"이라는 단어를 통해 자아는 여전히 간밤의 세찬 비구름을 떠올리고 있다.

간밤에 비바람이 몰아쳤음을 3연은 "흔들려 씻기우고"라는 구절을 통해 선명한 색상으로 형상화한다. 길경, 즉 도라지 꽃봉오리는 지난밤에 몰아친 비바람에 깨끗이 씻겨졌다. 이 씻김은 그러나 긍정적이기보다는 부정적 정서로 다가온다. 도라지 꽃봉오리가 "흔들려 씻기우고" 있다고 말하는 이 구절은 지난밤 내린 비의 모습을 상상할 수 있게 만든다. "흔들려"라는 단어를 통해 자아는 꽃봉오리를 씻은 간밤의 그 비가 차분하고 부드럽게 내리는 비가 아니라, 꽃봉오리를 뒤흔들면서 내리는 비였다고 말한다. 게다가 그 표현은 2연의 "머흘 머흘"이라는 단어와 연결되면서 지난밤에 내린 비가 차갑게 몰아치는 폭우 같은 비였음을 떠올리게 한다.

4연은 그러한 비가 그친 후 일어나는 골짜기의 변화를 그려낸다. 간밤에 세차게 쏟아진 비 때문에 골짜기에는 흘러넘치는 물길이 생겼다가, 비가 그치고 아침 해가 떠오르자 흘러넘치던 그 물이 어느 정도 가라앉은 상황을 생각해 볼 수 있다. 거친 물살로 흘러가던 물이 조금 줄자 물속에 잠겨 있던 돌들이 비죽이 드러나는 것을 여기서는 "차돌부리/촉 촉 죽순 돋듯"이라는 짧은 구절 속에 담아놓는다. 물이 줄어들면서 돌이 드러나는 모습을 죽순이 돋아나듯이 드러난다고 묘사한다.

대나무 밭에서 죽순은 평소에는 보이지 않다가 비가 오고 나면 순식간에 솟아나 다 큰 대나무만큼 자란다. 그래서 어떤 일이 한때 이곳저곳에서 순식간에 많이 일어나는 것을 비유하여 '우후죽순(雨後竹筍)'이라는 표현을 쓰기도 한다. 간밤의 세찬 비가 그치고 물이 줄어들자 곳곳에서 돌들이 죽순처럼 비죽비죽 돋아나 보이기 시작했다고 표현한다.

"물소리에/이가 시리다"는 5연의 표현은 이런 감각의 연장선에서 파악되어야 한다. 일반적으로 도라지는 6-7월경에 꽃이 피기에 이가 시릴 정도로 차가운 물은 초여름의 더위를 식혀 줄 시원한 물로 인식될 수도 있다. 그러나 이 시에서 이가 시린 물은 긍정적인 의미보다 부정적인 의미로 읽힌다. 이 자연 공간이 따뜻하고 포근한 공간이 아니라 차갑고 시린 감각이 지배하는 공간이 된다.

6연과 7연에서는 그러한 공간에서 먹을 것을 찾아 흰 밥을 쪼아 먹고 있는 한 마리 새를 묘사한다. 그 새는 세찬 비바람이 치는 차갑고 두려운 숲속에서 밤을 새고 나서 고단한 몸을 끌고 아침을 먹기 위해 둥지를 나선 "서러운 새"이다. 또한 그 새는 아무 자리에나 앉는 것이 아니라 "앉음새"를 가려서 "양지 쪽에 쪼그리고" 앉는 새이기도 하다. 그런 새가 아침거리인 "흰 밥알"을 쪼아 먹고 있다. 새가 쪼아 먹고 있는 "흰 밥알"은 여기서 풍요나 여유의 표현이 아니라, 생존을 위해 찾아 나선 최소한의 식사 같은 느낌으로 다가온다. 그 새가 "서러운 새"이기 때문이다. 밥알을 쪼아 먹고 있는 행위 자체가 서러움으로 다가온다.

새는 떠오른 따스한 햇살을 받고 양지쪽으로 나아가 아침거리를 찾고 있다. 그러나 어젯밤에 몰아친 차가운 비바람의 흔적은 여전히 시린 물소리로 주변을 물들이고 있고, 골을 옮기는 구름은 여전히 "머흘 머흘" 험악한 모습을 온전히 누그러뜨리지 않는 상황이다. 이런 자리에서 "흰 밥알" 쪼아 먹고 있는 새의 심정은 안식이나 풍요와는 멀어져 있는 것이 당연하다.

심지어 그 새는 양지쪽을 찾아 나오기는 했지만 편안한 자세로 앉는 것이 아니라 심히 불편한 자세로 "쪼그리고" 앉아 있다. 새에게 자연 공간은 차갑고 매서우며, 불편한 자세로 쪼그려 앉아 아침을 힘겹게 찾아먹어야 하는 공간이 된다. 자연은 여기서 자아에게 안식과 평안을 주는 풍요의 공간이 아니라 부족함과 위협의 공간으로 다가오며, 그래서 그 속에서 자아는 위축될 수밖에 없다. 여기서 자연은 결핍의 공간이 된다.

정지용 시에 나타나는 이러한 결핍으로서의 자연 이미지는 힘겨운 시대를 살아낼 수밖에 없었던 지식인의 현실인식이 빚어낸 결과물이라고 볼 수도 있다. 식민지라는 현실이 빚어낸 힘겨운 삶이라는 역사적 배경을 생각하면, 이런 자연 이미지는 먹고 살기조차 어려운 시대적 고난을 정면으로 감당할 수밖에 없는 민중들의 고난스러운 삶을 그려낸 이미지로 볼 수도 있다. 그러나 동일한 시대를 살아가면서 문장파로 함께 활동한 이병기의 시조 속에서 만나는 자연은 전혀 다른 모습을 지니고 있음을 생각해 본다면, 정지용 시의 이러한 자연 이미지는 매우 특징적이다. 정지용 시인은 의도적으로 이러한 모습으로 그려내고 있고, 이런 자연 이미지는 그래서 시인의 세계관을 반영하고 있는 이미지로 인식된다.

전통 시가에서의 자연 공간은 주로 풍요와 안식, 안빈낙도와 같은 단어로 대표되어 왔다. 조선시대의 시조나 가사와 같은 작품 속에 형상화되는 자연 공간은, 세속에서 힘겨운 삶을 살던 자아가 속세의 먼지를 떨어버리고 귀의하여 안식을 누리는 안빈낙도의 공간이었다. 이런 전통 시가의 자연 이미지는 정지용 시인과 함께 『문장』지의 동인으로 활동한 이병기의 시조나 조지훈의 시에서도 찾아볼 수 있다. 그런데 정지용의 자연시에서는 이런 자연 이미지의 문법이 깨어지고 자연 공간이 전혀 상반된 결핍으로서의 공간으로 변화하는 것이다. 이것은 자연 공간에 대한 전통적인 유가적 세계관과는 다른 모습이다.

전통적인 유가적 세계관으로 볼 때 자연은 긍정적인 의미를 지닌다. 유가적 세계관 안에서 자연은 우주의 이법이 발현된 존재로 간주되기 때문이다. 그러하기에 전통 시가에서 자연 공간은 세속에 찌든 자아가 귀의하여 온전한 안식과 풍요를 누리는 안빈낙도의 공간으로 그려진다. 자아는 그런 자연 공간 속에 들어가 평안하고 풍성한 시간을 누린다.

일반적으로 동양에서의 자연은 도가나 유가의 영향을 받아서 자연이 그 자체로 풍성하고 완성된 존재로 그려진다. 자연을 바라볼 때 그 자체의 이법에 의해 운행되는 하나의 충족된 존재로 상정하는 것이다. 이에 비해 인간들이 살아가고 있는 삶의 공간은 부와 권력, 쾌락이 지배하는 욕망의 공간이다. 그만큼 삶이 이루어지는 현실 공간은 결핍과 부족, 고통과 힘겨움 같은 것들이 지배하고 있다. 자연은 그러한 인간 세상과 대조된 자리에 위치하는 공간으로, 세속의 먼지로부터 멀어진 공간, 즉 탈속의 공간으로 간주된다.

이러한 자연 공간은 세속을 움직이는 힘인 부나 권력이라는 기준이 작동하지 않는 공간이며, 오직 자연의 이법, 우주의 이법이 온전히 지배하는 공간이다. 아무리 인간의 삶이 달라지더라도 자연은 변함이 없다고 보는 이유가 여기에 있다. 영원히 변하지 않는 세계, 모든 것을 품어주는 세계, 풍요와 안식을 제공하는 세계가 바로 자연이다. 자연 속의 나무 한 그루, 풀 한 포기도 우주 운행의 이법을 드러내는 존재이자 운행 질서를 보여주는 존재이기 때문에, 그것을 대하는 것만으로도 안식과 평안을 얻을 수 있고 진리에 도달할 수 있게 된다.

전통 시가는 그러한 세계관으로 자연을 바라보기에 자연으로 귀의하는 것을 매우 중요한 시적 지향으로 형상화한다. 조정에서 높은 벼슬을 하고 부귀영화를 누리던 사람도 자연으로 돌아가 사는 것을 오랫동안 바라왔다는 것을 자랑스럽게 서술하는 시가들을 볼 수 있는 것도 자연을 바라보는 이런 관점으로부터 나온다.

전통시가에서 말하는 자연에 귀의한 자의 삶에서는 속세에서 성공한 자들이 누리는 물질적인 풍요나 부요함, 사회적 권력 같은 것들을 찾을 수 없다. 이것들은 세속의 티끌을 만들어내는 인간 욕망의 산물들이기에, 우주 운행의 이법을 보여주는 자연에는 그러한 인간의 욕망들이 끼어들면 안 된다. 오히려 자연 속으로 들어가서 누리는 삶은 자연의 흐름에 순응하는 삶이면서 소박하고 빈한한 삶의 형태가 되고, 동시에 천지만물이 운행되는 이법이라는 도를 얻어 누리는 삶이 되는 것이다.

이렇게 보면 선비들이 세속으로부터 벗어나서 자연 속으로 들어가는 것은, 세속에서 욕망 덩어리로 살아가는 자신의 부정적인 삶의 방식을 벗고 우주의 이법에 합당한 도를 누리는 삶이 된다. 조선의 선비들이 입신양명을 하고 세상에서 성공하는 삶을 살다가도 어느 순간 그러한 세속의 삶으로부터 벗어나서 자연 속에 들어가 노니는 삶을 추구하는 이유이기도 하다.

자연을 바라보는 이런 관점은 자연을 완전한 것으로 인정하고 절대화하는 태도이다. 자연이 무언가 부족하거나 부정한 것이 되면 그 세계관 내에서는 상당히 심각한 문제가 발생한다. 세속의 삶에 찌든 자아가 돌아가 안식할 수 있는 여유 공간이 사라져 버리기 때문이다.

유가적 세계관으로 볼 때 천국이나 극락과 같은 죽음 이후의 세계는 존재하지 않는다. 그렇다면 우주의 이법을 구현하는 자연 공간이 그러한 여유와 안식을 제공하는 공간이라는 가치를 감당해야 한다. 그래야 인간이 그 세계로 귀의하여 세속의 삶에 찌든 자아를 치유할 수 있다. 만약 자연이 결핍과 부정의 공간으로 바뀌면 그 세계관 내에서는 그런 치유의 공간이 사라져버리기에, 그것을 대체할 수 있는 다른 세계를 만들어야 하는 문제가 생긴다. 그러므로 전통 시가나 전통적인 세계관을 계승한 현대의 전통적인 서정시에서는 자연을 자연스럽게 결핍이나 부정의 이미지보다는 완전하고 평안한 안식의 공간으로 그리게 된다.

이렇게 보면 결핍으로서의 자연 이미지를 형상화하고 있는 기독교적 서정시가 상당한 의미를 지닌다. 앞에서 살핀 바와 같이 박목월이나 김현승, 정지용의 시에서 발견할 수 있는 결핍으로서의 자연 이미지는, 전통적인 서정시의 자연 이미지와는 다르다. 이 차이는 자연 이미지를 다른 시인들과는 다르게 형상화해보려는 시인의 개성이 빚어내는 결과물로만 보기는 어렵다.

전통적인 유가적 세계관과 그것에 바탕을 둔 전통 시가에서 자연이 어떠한 이미지로 형상화해 왔는지를 고려한다면, 기독교적 서정시에 나타나는 자연 이미지의 이런 변화는 세계를 바라보는 세계관의 변화와 연관 지어 생각해야 한다. 그러므로 자연이 결핍과 부정의 존재로 이미지화될 수 있는 이유를 기독교적 세계관에서 찾아야 한다.

기독교적 관점에서 자연은 인간과 마찬가지로 신의 피조물이다. 성경 창세기에 나타나는 창조의 과정[15]에는 자연을 인식하는 기독교적 관점이 나타난다. 빛의 창조와 땅과 하늘, 해와 달과 별의 창조, 그 속에 살아가는 식물들과 동물들의 창조, 그리고 마지막에 이루어지는 인간 창조의 이 과정은 그 속에 포함된 모든 사물들, 즉 우주 전체가 신의 창조물임을 말해 주고 있다. 이러한 창조물들은 창조의 주체인 여호와 하나님과는 존재 자체가 본질적으로 구별된다. 하나님은 창조자이며 절대자이고 스스로 있는 자라면, 인간이나 자연 사물들은 창조된 존재이다.

---

15) 창세기 1장.

성경에 나오는 창조의 과정에 대한 서술을 보면, 신의 창조는 우연의 산물이 아니라 하나님의 의지의 산물이다. 성경의 첫 서술에서 이러한 점은 선명하게 드러난다. "태초에 하나님이 천지를 창조하시니라"[16]라는 성경의 첫 구절에는 창조자 하나님이 세상을 창조할 때 우연히 그렇게 된 것이 아니라 의지를 가지고 창조했다는 점이 전제로 깔려 있다. 이 서술에서 주어 "하나님"은, 목적어 즉 창조 대상인 "천지"를 창조한다. 이것은 창조가 하나님의 의지적 행위의 결과임을 말해 준다.

창조의 주체로서의 하나님은 스스로를 지칭하여 "스스로 있는 자"[17]라고 하는데, 이는 창조된 세계나 창조의 과정 너머에 존재하면서 창조의 행위를 주관한 자를 지칭하는 것으로 읽을 수 있다. 하나님은 창조된 세계와는 분리된 존재이며, 그래서 창조된 세계를 초월하는 절대자이다.

자연이 하나의 창조물이라는 점은 기독교적 세계관에서 자연을 바라보는 관점이 지닌 중요한 특징 중의 하나를 말해 준다. 이렇게 창조된 자연은 시간과 공간의 한계에 갇힌 피조물이기에, 자연을 절대화하거나 신성하게 여기면 안 된다. 십계명은 자연을 신성하게 여

---

16) 창세기 1:1.

17) 출애굽기 3:14.

기지 말라는 금지를 분명하게 기록한다.[18] 하늘과 땅 위와 땅 아래, 물속에 있는 어떤 형상도 만들지 말고 섬기지 말라는 것은 자연 속에 있는 어떤 동식물이나 사물들도 섬김의 대상이 될 수 없다는 것을 말한다.

어떤 형상을 만들고 신으로 섬긴다는 것은 그 존재가 인간이 경험하는 시공간을 넘어서는 절대적이고 신적인 존재임을 인정한다는 말이다. 그러므로 십계명의 이 금지는 자연의 동식물이나 모든 사물들이 절대적이거나 영원한 존재가 될 수 없으며, 인간과 마찬가지로 유한한 존재이며 흠결이 많은 존재라고 규정하는 것이다.

뿐만 아니라 자연은 인간이 범하는 죄악의 결과로 그 순수성을 훼손당하기까지 한다. 성경에서는 하나님의 창조물인 인간이 에덴에서 사는 동안 하나님 앞에서 죄를 범하여 에덴으로부터 쫓겨나는 과정을 서술한다. 그런데 이 과정에서 인간이 범한 죄악의 결과가 그대로 자연에도 영향을 미쳐 자연도 함께 저주를 받았다고 서술한다.[19] 인간의 타락의 결과가 인간 자신에게 미치는 형벌로 그치는 것이 아니라, 자연의 타락으로까지 영향이 미친다. 이것은 기독교적 자연관을 이해하는 데 중요한 요소가 된다. 자연 또한 인간과 마찬가

---

18) 출애굽기 20:4-5.

19) 창세기 3장에는 아담의 범죄로 인하여 땅이 저주를 받아서 가시덤불과 엉겅퀴를 낼 것이라고 말하고 있다.

지로 저주를 받고 타락할 수 있는 존재라는 점을 말해 주며, 그래서 자연이 절대적이고 영원한 존재가 아니라는 점을 분명히 말해 준다.

창조의 과정에서 자연은 인간과 함께 창조된 피조물 중의 하나이다. 이런 자연이 인간의 죄로 인하여 함께 저주를 받고, 인간이 죄로부터 구원을 받는 마지막 때에 인간과 함께 회복되는 존재로 그려진다.

로마서에는 이러한 회복을 간절히 소망하는 자연에 대해 서술하기도 한다.[20] 인간의 죄에 따라 자연도 함께 타락되고 혼돈해졌다가 인간이 죄로부터 구원받으면 자연도 함께 회복된다는 이런 관점은, 기독교에서 자연을 어떻게 바라보는지를 알 수 있게 하는 중요한 표지가 된다. 이러한 자리에 설 때 자연은 절대적 존재가 아니라 피조물이며 불완전할 뿐만 아니라 한계를 가진 존재가 된다.

자연에 귀의함으로써 자신을 구원하거나 평화와 안식을 누릴 수 있기 위해서는 자연이 인간과는 달리 불완전하거나 부족하지 않고 온전하고 완전해야 한다. 이것은 자연을 신성한 존재로 여기는 자세이며, 은연중에 절대적 존재로 인정하는 태도이다. 그런 자연이라야 시공간에 갇혀 죽을 수밖에 없는 인간의 불완전함과 결핍을 메워줄 수 있다. 인간은 그 세계 속에서 위로와 위안을 얻고 제한적으로나마 영원을 누릴 수 있게 된다. 전통적 서정시의 자연관이 바로 이러

---

20) 로마서 7장.

한 자리에 서 있다.

전통 시가에서 추구하는 자연과의 합일은 우주 운행의 도를 깨닫는 것이며, 이러한 깨달음을 통해 인간이 절대의 세계에 발을 들일 수 있게 된다는 관점을 지니고 있다. 그래서 자연과의 합일은 언제나 중요한 추구의 대상이 된다. 그러므로 이런 관점에서는 자연이 부족한 존재나 부정적인 존재로 그려지기 어렵다. 자연이 결핍의 존재로 이미지화되면 자연과의 합일을 통해 완전성에 도달할 수 없기 때문이다. 이것은 인간 삶의 승화 가능성을 가로막는 치명적인 요소가 되어버린다.

기독교적 자연관은 이와는 다르다. 자연 또한 인간과 마찬가지로 불완전한 하나의 피조물에 불과하기에, 자연과의 합일을 통한 인간 구원이라는 관점 자체가 인정될 수 없다. 오히려 성경은 자연과의 동일시를 통해 신의 자리에 이르고자 하는 욕망을 죄악이라고 비판한다.

자연을 통해 절대의 자리에 이르고자 하는 태도는 곧 우상숭배와 동일한 자리에 서는 것이다. 그러므로 자연은 완전하지도 않고 영원하지도 않은 피조물의 하나이다. 그러한 관점에 설 때 자연 공간은 결핍으로서의 자연이 될 수도 있고, 낙원으로서의 자연이 될 수도 있다. 기독교적 서정시의 자연 이미지가 지닌 세계관적 특징을 여기서 읽을 수 있다.

이 두 개의 자연 이미지 사이를 가르는 요소는 하나님과의 관계이다. 하나님과 온전한 관계가 이루어져 있을 때 자연 공간은 하나님으로부터 오는 은혜를 받는 낙원으로서의 자연이 되고, 하나님과의 관계가 단절될 때 자연 공간은 결핍으로서의 자연이 된다. 그러므로 기독교적 서정시에서 자연 이미지를 결정하는 것은 하나님과의 관계이다.

제4장
신과의 관계로
규정되는 자연

낙원과 결핍,
자연 이미지의 이중성

기독교적 서정시에서 형상화되는 자연 공간은 이제까지 살펴본 바와 같이 낙원 이미지로 형상화되기도 하고 결핍 이미지로 형상화되기도 한다. 이 두 가지 자연 이미지는 모두 기독교적 세계관으로부터 출발한 자연 이미지이며, 시적 형상화를 통해 이러한 이미지로 표출된 것이다. 그러므로 이 둘 사이의 차이를 정확하게 이해하는 것은 기독교적 서정시의 세계관을 이해하는 방법이기도 하다.

기독교적 서정시의 자연 이미지가 낙원으로 형상화되는 경우와 결핍으로 형상화되는 경우는 자연을 대하는 서정적 시선이 정반대의 정서에 바탕을 두고 있는 경우라고 할 수 있다. 동일한 자연이 전혀 상반된 두 가지 정서로 서술되는 기제를 이해하면 그 이면에 자리한 시인의 시선, 즉 세계관의 한 부분을 이해할 수 있다. 기독교적 서정시의 바탕이 되는 세계관은 기독교적 세계관이다. 그렇다면 낙원으로서의 자연 이미지와 결핍으로서의 자연 이미지가 형상화되는 이면에서 기독교적 세계관이 어떤 방식으로 작동하고 있는지를 살펴볼 필요가 있다.

기독교적 세계관을 지닌 시인들의 시세계에서는 자연 공간을 형상화할 때 낙원과 결핍이라는 두 가지 자연 이미지를 모두 사용하고 있었다. 박두진은 초기시에서 자연을 낙원 이미지로 형상화할 때도 있지만, 그와 함께 두려움과 결핍의 공간으로 형상화하는 경우도 자주 본다. 시 「해」나 「향현」 같은 시에서 자아는 낙원으로서의 자연 공간을 지향하지만, 자아가 살고 있는 현재적 공간은 부정적인 결핍으로서의 자연 공간으로 형상화된다. 한 편의 시에서도 이처럼 긍정적인 자연 이미지와 부정적인 자연 이미지가 함께 공존하고 있는 것이다. 박목월이나 김현승, 정지용의 시에서도 이러한 두 가지의 자연 이미지가 나타났다.

동일한 자연 공간이 조건에 따라 낙원 공간이 되기도 하고 결핍의 공간이 되기도 한다는 것은 의미심장하다. 두 가지 자연 이미지가 함께 형상화된다는 것은 자연을 바라보는 시선이 이중적이라는 것을 말해 준다. 시인은 자연을 하나의 고정된 시선으로 바라보는 것이 아니라 조건에 따라 전혀 상반된 모습으로 자연을 인식하고 형상화하고 있는 것이다.

이러한 이중성은 시인이 표현하고 싶은 정서의 차이라고 설명할 수도 있고, 시인의 상상력에 따른 차이라고 설명할 수도 있다. 그런데 기독교적 서정시에 나타나는 이러한 이중성은 이런 개인차뿐만 아니라, 보다 깊은 영역에서 작동하는 기독교적 세계관으로부터 나온 현상으로 볼 필요가 있다. 이 이중성 자체가 세계를 바라보는 시인의 세계관을 보여주는 단서이다.

박두진의 시 「도봉(道峯)」

박두진의 시에서 이러한 두 가지 자연 이미지는 다른 어떤 시인의 시세계에서보다 선명하게 드러난다. 음울하고 어두운 결핍의 의미를 내포한 자연 이미지와 낙원으로서의 자연 이미지가 그의 시에서 자주 등장한다. 먼저 자연 공간이 결핍의 이미지로 형상화된 시를 살펴보자.

산새도 날러와
우짖지 않고,

구름도 떠가곤
오지 않는다.

인적 끊인 곳
홀로 앉은
가을 산(山)의 어스름.

호오이 호오이 소리 높여
나는 누구도 없이 불러 보나,

울림은 헛되이
빈 골 골을 되도라 올뿐.

산그늘 길게 느리며
붉게 해는 넘어 가고,

황혼(黃昏)과 함께
이어 별과 밤은 오리니.

생(生)은 오직 갈수록 쓸쓸하고,
사랑은 한갓 괴로울 뿐.

그대 위하여 나는, 이제도 이,
긴 밤과 슬픔을 갖거니와,

이 밤을 그대는, 나도 모르는

어느 마을에서 쉬느뇨.

– 박두진, 「도봉(道峯)」

『청록집』에 실린 이 시에서 자연은 부정적이고 결핍된 이미지로 형상화된다. 이 시에는 결핍을 뜻하는 부정적인 단어들이 자주 사용된다. "우짖지 않고", "오지 않는다" 같은 부정어와 함께 "인적이 끊긴 곳"에서 사용된 '끊기다' 같은 부정적 의미를 담은 표현이 사용되고 있다. 게다가 "헛되이"나 "쓸쓸하고", "슬픔" 같은 부정적 정서를 담은 어휘들까지 함께 사용되면서 이 시 전체의 정서를 결정하고 있다. 자연 공간을 구성하고 있는 사물들이 모두 비슷한 부정적 정서를 담고 있는 결핍으로서의 자연 이미지가 형상화된다.

자아의 시야에 들어오는 이 공간에는 산새의 울음소리도 들리지 않고, 구름마저도 오지 않을 뿐만 아니라, 지나가는 사람들조차 발견하기 어려운 공간으로 형상화된다. 사람들을 찾아 "소리 높여" 불러보지만 대답은 들리지 않는 공간이며, 자아가 만나기를 고대하는 "그대"는 지금 어디에 있는지도 알 수 없는 상황이다. 자아는 감정을 공유할 어떤 존재도 찾을 수 없는 심각한 외로움에 빠져 있다.

홀로 있다는 것 자체가 반드시 부정적인 상황이라고 할 수는 없다. 혼자 있기 때문에 오히려 자신을 더욱 깊이 있게 성찰할 수도 있고, 복잡하고 어지러운 생활 방식으로부터 오는 피곤함과 번잡함을 떨쳐버리고 안식을 누리는 기회가 될 수도 있다. 그런데 이 시에서 자아는 홀로 있다는 상황 자체를 매우 부정적으로 인식하고 있다. 자아가 바라는 바가 혼자 있는 상태에서 오는 쉼이나 성찰이 아니라, 사랑하는 "그대"와의 만남에 있기 때문이다. 자아는 "그대"가 지금 어디에 있는지조차 모르는 상태이기에 부정적인 정서로 내면이 물들어 있고, 그 정서는 자연스럽게 이 시의 모든 자연 사물들의 정서로 표출되어 있다.

자아가 "그대"에게 닿고 싶은 간절한 소망은 그대와의 소통 단절이라는 상태를 전제로 한다. 자아는 자신이 부르는 소리가 그대에게 닿기를 간절히 원한다. "그대"와의 관계를 복원하고 싶은 것이다. 그러나 그 소리는 그대에게 닿지 못하고, "울림은 헛되이/뷘 골 골을 되도라 올뿐"인 상황이다. 그대와 자아 사이의 관계는 연결되지 못하고 멀리 단절되어 있다. 이런 자아와 '그대' 사이의 관계 단절은 산새의 소리가 사라진 것이나 구름의 흐름이 끊겨 있다는 자연 이미지로 형상화된다. "되도라 올뿐"이라는 표현은 세계와의 소통이 단절된 자아의 절망적인 정서를 표현한다.

"그대"는 이미 자아를 떠나 자아의 부름이 닿지 않는 공간으로 가버렸다. 마지막 연에서 자아는 "그대"가 "나도 모르는/어느 마을에서 쉬느뇨"라는 탄식으로 끝맺는다. 이것은 자아가 느끼는 단절감의 원인을 알 수 있게 하는 진술이다. 현재 "그대"가 자아를 떠난 상황이기는 하지만 그래도 자아가 알고 있는 공간에 그대가 머물러 있다면 얼마든지 소식을 전할 수도 있고 그대로부터 오는 소식을 기다릴 수도 있다. 소통의 가능성이 어느 정도는 남아 있는 것이다. 그러나 이 시에서 '그대'는 이미 자아가 알지 못하는 장소로 떠나 버렸고, 자아와 '그대' 사이에 소통할 수 있는 가능성은 사라져버렸다. 관계 회복의 가능성이 완전히 사라진 공간에 자아는 서 있다.

그런 자리를 자아는 "밤"이라는 이미지로 형상화한다. '밤'은 여기서 풍요나 안식이 아니라 결핍과 부정의 정서가 지배하는 시간이 된다. 비록 "황혼과 함께/이어 별과 밤이" 오기는 하지만, 그 별과 밤은 부정적인 이미지를 지닌 채 자아에게 다가온다. 밤이라는 시간은 자아가 서 있는 공간을 더욱 심각한 단절로 이끌고 있기 때문이다.

"그대"와의 관계가 단절된 이 시공간은 자아를 "생은 오직 갈수록 쓸쓸하고/사랑은 한갓 괴로울 뿐"인 감정으로 이끈다. 단절과 그로 인한 외로움이라는 정서가 여기서는 더욱 발전하여, 인생 전체를 지배하는 진리와 같은 진술 형태로 확대된다. 이제 자아는 일생이 오직 쓸쓸함에 지배당한다는 심각한 진술을 내뱉을 지경에 이르고, "사랑"이라는 감정조차 괴로움일 뿐이라는 한탄으로 발전한다. 결핍의 정서가 과잉에 이르면서 시 전체를 지배한 결과이다.

자아와 "그대" 사이의 단절이 불러오는 여러 가지 정서들은 여기서 자연 공간을 부적인 정서가 지배하는 결핍의 이미지로 만든다. 그 단절은 자아와 "그대"의 사이를 가로막고 있을 뿐만 아니라, 자아와 자연 사이도 단절하게 만든다. 자아가 서 있는 공간에 산새의 울음소리가 끊기고, 구름이 오가지 않는 것도 자아와 "그대" 사이의 단절이 불러오는 정서의 결과물이다. 그런 자리에서 인적이 끊기는 것은 자연스럽다. 자아가 간절히 만나고 싶은 "그대"가 없기에 자아를 둘러싸고 있는 자연 사물들이 모두 결핍이라는 이미지로 형상화된다.

박두진의 초기 시세계를 고려할 경우, 이 '단절'이라는 정서는 여기서 자아가 경험하는 인간관계 사이의 단절, 즉 사랑하는 "그대"를 만나지 못하는 데서 오는 외로움을 넘어서는 영역에까지 나아간다. 이 관계의 단절은 신과의 관계 단절과 연관된 것으로 읽을 수 있다. 이런 단절 의식이 시를 부정적인 정서로 물들이고, 결핍으로서의 자연 이미지를 만들어낸다.

그의 초기시에 형상화되는 결핍으로서의 자연 이미지는 하나님으로부터 오는 은혜를 누릴 수 없는 자아의 막막한 정서의 표현으로 볼 수 있다. 그래서 이 시에서 형상화되는 "그대"와의 단절 의식은 자연스럽게 신과의 관계의 단절이라는 보다 근원적인 요소에까지 닿게 되는 것이다.

박두진의 시 「낙엽송(落葉松)」

비슷한 시기에 발표된 박두진의 시에 나타나는 낙원으로서의 자연 이미지를 분석해 보면 이러한 점은 더욱 분명해진다. 그의 시 「낙엽송(落葉松)」의 자연 이미지는 「도봉(道峯)」의 자연 이미지와는 상반된 자리에 있는 낙원으로서의 자연 이미지를 선명하게 형상화한다. 이 두 시 사이를 비교하면 박두진 시에서 작동하고 있는 낙원으로서의 자연 이미지와 결핍으로서의 자연 이미지를 결정하는 원인을 추적할 수 있다.

가지마다 파아란 하늘을
바뜰었다
파릇한 새순이 꽃보다 고웁다.

청송(靑松) 이래도 가을 되면
홀 홀 낙엽(落葉)진다 하느니,

봄 마다 새로 젊은
자랑이 사랑웁다.

낮에 햇볕 입고
밤에 별이 소올솔 내리는
이슬 마시고,

파릇한 새 순이

여름으로 자란다.

— 박두진, 「낙엽송(落葉松)」

낙엽송은 잎이나 줄기, 가지의 모양이 소나무와 매우 비슷하다. 외국에서 수입된 나무이고 식생은 상당히 다르지만 모양이 비슷해서 소나무의 한 종류처럼 여겨서 낙엽송이라고 부른다. 그런데 낙엽송은 소나무와는 다른 특징을 보인다. 항상 푸른 잎을 보이는 상록수가 아니라 가을에 낙엽이 지고 봄에 새 잎을 내는 나무이다.

전통적으로 소나무에 부여하던 중요한 의미망 중의 하나는 상록수라는 점이었다. 눈이 내리고 온 사방이 얼어붙는 한겨울에도 푸른 잎을 유지하는 소나무의 자태는, 어떠한 환경에도 굴하지 않고 꿋꿋하게 살아내는 자연의 끈질긴 생명력을 상징하는 것으로 다가온다. 우리나라의 산에서 쉽게 볼 수 있는 소나무는 이처럼 차가운 겨울을 뚫어내는 굳건한 생명력을 대표하는 존재로 형상화되어 왔다.

낙엽송은 일제강점기에 조림용으로 도입되기 시작한 대표적인 나무 중의 하나이다. 일본이 원산지인 이 나무는 나무의 모양이 소나무와 비슷하고 침엽수라는 공통점도 있기에 자주 소나무와 대비되어 인식되어 왔다. 그런데 상록수인 소나무와는 달리 가을에 낙엽이 지는 수종이기에 '낙엽송', 즉 '낙엽이 지는' 소나무라는 이름이 붙었다. 그만큼 사람들에게 특이한 생태를 지닌 소나무로 다가왔으며, 전통적으로 소나무에 부여하고 있던 '상록수'라는 의미망을 흔드는 이상한 나무로 인식되었다. 소나무가 지닌 상록수라는 특성을 훌륭한 가치로 여기고 바라보던 사람들은 가을에 낙엽이 지는 낙엽송의 속성을 부정적으로 바라보기도 한다.

이 시에서 자아는 이러한 '낙엽송'의 특징을 긍정적인 시선으로 바라보고 이미지화한다. 가을의 낙엽과 봄의 새싹을 여유와 생명력으로 인식하고 긍정하는 것이다. 낙엽송을 "청송이래도 가을 되면/홀 홀 낙엽진다"고 묘사하며, "봄 마다 새로 젊은/자랑이 사랑웁다"고 묘사하는데, 이를 통해 자아는 낙엽송이 보여주는 가을의 '낙엽'과 봄의 '새 잎'을 긍정적인 이미지로 만든다.

낙엽송을 우선 "청송(靑松)", 즉 푸른 소나무로 정의하면서도 가을이 되면 낙엽이 진다는 점을 언급한다. 전통적으로 소나무에 부여하던 상록수로서의 소나무라는 이미지는 여기에서 부정된다. 살아내기 힘겨운 눈과 얼음을 이겨내는 상록수의 끈질긴 생명력이 여기서는 더 이상 작동하지 않는다. 상록수인 소나무를 긍정적인 이미지로 그려내던 전통적인 관점에서 본다면 낙엽송의 이러한 특징은 부정적인 의미를 내포하게 된다. 그런데 자아는 낙엽송의 이 '낙엽'이라는 특징을 "홀 홀"이라는 의태어를 사용함으로써 오히려 긍정적인 이미지로 바꾼다.

낙엽송의 잎이 가을에 떨어지는 모습을 표현한 의태어 "홀 홀"
은 의미심장한 역할을 한다. 이 의태어는 떨어지는 낙엽을 아쉬움이
나 안타까움이라는 감정을 가지고 바라보는 것이 아니라, 가벼움 혹
은 달관이라는 정서를 지닌 이미지로 만들어버린다. "홀 홀"이라는
의태어에는 '미련없이', '가볍게'와 같은 내포적 의미가 자리 잡고 있
다. 이 표현을 통해 낙엽송은 자신의 내면을 채우고 있던 욕망이나
소유 같은 것들을 아무 미련 없이 가볍게 내다버리는 듯한 달관의
존재로 이미지화된다. 이 단어를 통해 자아는 가을이 지나고 겨울이
되어도 잎이 지지 않는 상록수의 푸른 잎을, 오히려 끝까지 자신의
욕망을 떨쳐버리지 못하고 매달리는 부정적 존재로 만들어버린다.

이러한 낙엽의 이미지는 그러므로 자아의 욕망으로부터 벗어나
는 초월의 경지에 대한 표현과 맞닿아 있다. 겨울이라는 차가운 계
절 앞에서 욕망을 훌훌 벗어던지고 자연의 시간에 순응하는 달관의
경지를 보여주는 낙엽송으로 이미지화된다. 낙엽송의 잎이 지는 모
습은 계절의 흐름에 순응하는 자연스러운 현상으로 보일 수도 있고,
다음 해 봄에 틔워낼 생명력을 준비하는 모습으로 보일 수도 있다.
여기서는 단순한 시간의 흐름에 따라 낙엽이 지고 있다거나, 차가운
겨울 날씨에 굴복하여 떨어지는 위축된 생명으로 인지하지도 않는
다. 오히려 자아는 낙엽송의 이 특성을 자연의 흐름에 순응하면서도
초월하는 긍정적인 이미지로 만든다.

뿐만 아니라 낙엽송은 "봄 마다 새로 젊은/자랑"인 새잎을 낸다.

가을에 낙엽이 지기 때문에 봄이 되면 새 잎이 나오는 것은 당연하지만, 자아는 여기에 더 큰 의미를 부여한다. 이렇게 돋아나는 새잎이 자아에게는 "젊은/자랑"이 된다. 봄마다 나오는 새 잎을 봄마다 새롭게 젊어지는 능력으로 묘사하고, 그 모습을 "자랑"스러운 것이라고 의미 부여하고 있다.

봄이 될 때마다 새롭게 젊어진다는 것은 봄이 될 때마다 새로운 '생명력'을 얻는다는 것과 의미상 같은 표현이다. 겨울은 자연의 모든 생명들이 자신 안에 내재된 생명력을 온전히 발휘하지 못하고 눈과 얼음에 갇혀 위축된 상태로 견뎌내는 시기이다. 이런 겨울을 뚫고 항상 푸르른 잎을 유지하는 소나무의 생명력이 여기서는 봄마다 새 잎을 내는 생명력으로 치환된다. 자아는 그러한 낙엽송의 생명력을 "자랑"스러운 것이라고 강조한다.

낙엽송의 낙엽을 욕망을 넘어서는 달관의 이미지로 형상화하고 봄의 새 잎을 새롭게 젊어지는 생명력의 상징으로 그려놓음으로써 낙엽송은 이제 "파릇한 새순이 꽃보다 곱다"고 평가된다. 나무에서 생명력의 결정체라고 할 수 있는 꽃보다 더욱 곱고 아름다운 부분으로 "새순"을 내세운다. 이런 진술은 전통적으로 소나무에 부여하던 상록수라는 의미망을 완전히 뒤집는다.

그렇다면 낙엽송이 이러한 생명력을 발현할 수 있도록 만드는 요소가 무엇인지 살피는 것이 필요하다. 자아는 봄에 새로 나온 순이 여름의 무성한 잎으로 자랄 수 있는 이유를 "햇볕"과 "이슬"이라고 말한다. "낮에는 햇볕 입고/밤에 별이 소올솔 내리는/이슬 마시고"라는 구절에서 낙엽송이 이 같은 생명력을 소유한 이유가 밝혀진다.

낙엽송은 햇볕과 이슬을 통해 여름의 무성함을 지닌 나무로 자란다. "햇볕"은 해로부터 발원한 밝음에 따뜻한 느낌이 더해진 빛이며, "이슬"은 별이 내리는 수분으로 이미지화되어 있다. 이렇게 보면 햇볕과 이슬은 지상의 사물들이 아니라 천상의 질서에 속하는 사물들이다. 이때 이슬이 지상의 수분이 모여 맺히는 것이라는 과학적인 설명은 아무 소용이 없다.

이 시에서 이슬은 "밤에 별이 소올솔 내리는" 수분이라는 천상적 질서의 산물이다. 별이라는 천상적 질서에 속한 존재로부터 지상으로 내려오는 수분인 것이다. 결국 햇볕과 이슬은 모두 하늘로부터 지상으로 내려오는 사물이 된다. 낙엽송은 그러한 햇볕을 받고 이슬을 마시면서 점차 무성해져 "여름으로" 자란다.

낙엽송을 무성하게 자라도록 돕는 "햇볕"과 "이슬"이 하늘로부터 내려오는 사물이라는 점은 의미심장하다. 햇볕을 내리는 해가 낮을 대표하며 이슬을 내리는 별이 밤을 대표하는 사물이라는 점 또한 되새겨볼 필요가 있다. 이 둘은 모두 천상적 질서에 속해 있는 존재들이다. 그러므로 "햇볕"을 입고 "이슬"을 마시며 여름으로 자라는 모습은 천상으로부터 오는 축복이 낙엽송에 부어지는 모습을 그리게 만들고, 낙엽송은 이 축복을 입고 마시며 자신의 생명력을 한껏 발산하는 존재가 된다.

이 축복은 하루의 어느 한 시점에만 부어지는 것이 아니라 밤낮으로 이루어진다. 낮의 해로부터 오는 햇볕과 밤의 별로부터 오는 이슬을 받아 먹는 낙엽송은 밤낮으로 하늘로부터 오는 축복을 받아 누리는 존재가 된다. 그런 축복을 누림으로 낙엽송은 "파릇한 새순"을 한껏 피워낼 수 있고 풍성한 생명력을 지닌 나무로 자라난다. 낙엽송이 누리는 하늘의 축복은 그러므로 지상적 존재인 나무가 천상적 질서와 연결되어 있음을 말해 준다.

낙엽송이 이 같은 복을 누릴 수 있는 이유는 낙엽송이 서 있는 자세 때문이다. 1연에서 낙엽송은 "가지마다 파아란 하늘을/바뜰었다"고 묘사된다. 낙엽송이 뻗고 있는 가지들은 "하늘"을 향해 단순하게 뻗어 있는 상태를 넘어서 "하늘"을 받들고 있다. 이런 이미지를 통해 자아는 낙엽송이 "하늘"과 연결되기를 간절히 소망하고 있으며, 하늘로 향해 뻗은 팔을 통해 하늘의 축복을 받아 누리는 것이라고 말하고 있다.

박두진 시인의 세계관을 생각하면 이 "하늘"은 자연스럽게 기독교의 하나님이 될 것이다. 하늘을 향해 팔을 벌린 나무의 자세는 하나님을 받들어 섬기며 하나님을 향해 기도하는 인간의 모습으로 치환된다. 그렇게 하늘을 향해 벌린 가지에 "하늘"은 "햇볕"을 내리고 "이슬"을 부어주어 풍성한 생명력으로 "여름으로" 자랄 수 있도록 만든다. 하늘로부터 내려오는 풍성한 복을 지상의 사물에 속하는 낙엽송이 마음껏 받아 누린다.

「낙엽송」에 나타나는 이러한 자연 이미지는 앞서 살핀 시 「도봉」에 형상화된 자연 이미지와는 분명히 차이가 난다. 「도봉」에서 자아는 다른 모든 존재와의 '단절'을 경험하며 그로 인해 자아를 둘러싼 자연 사물들도 모두 부정과 결핍의 이미지로 형상화되는 것을 볼 수 있었다. 비슷한 시기에 발표된 두 시에서 나타나는 이러한 자연 이미지의 차이는 자연을 바라보는 관점의 차이이기보다는 자아가 신과 연결되는 관계의 차이 때문에 나타나는 현상이라고 보아야 한다.

자아가 신과의 단절을 경험할 때 자아는 내면적 결핍을 경험할 뿐만 아니라 자아가 서 있는 세계까지도 부족과 결핍이 지배하는 공간으로 만들어버린다. 「도봉」에서 형상화되는 자연 이미지가 대표적인 예이다. 자아가 경험하는 "그대"와의 단절은 풍성함과 풍요로움이나 여유와 안식의 근원이 되는 신과의 관계 단절까지 의미한다. 신과의 단절을 경험하는 자아는 외로움과 부정적인 정서에 휩싸이고, 그 정서는 동시에 자연 이미지에 영향을 미쳐 자연 공간이 부정과 결핍의 공간으로 형상화되게 만든다.

「낙엽송」에 형상화되는 자아와 세계는 이런 이미지와는 상반된 모습으로 이미지화된다. 「낙엽송」의 나무는 "하늘"을 향해 두 팔을 벌리고 그 하늘을 받들고 있으며, 하늘은 그런 낙엽송에게 하늘의 축복인 "햇볕"과 "이슬"을 풍성하게 내려주어 나무가 무성하게 자랄 수 있게 만든다. 나무와 하늘 사이의 관계가 끈끈하고 완전하게 맺어져 있는 것이다.

이 나무가 자아와 동일시되는 것임을 생각하면, 이 시에서 자아와 하나님 사이의 관계는 굳건하게 맺어져 있으며, 그 결과 자아는 하나님으로부터 내려오는 축복을 마음껏 누리고 있는 존재이다. 하나님과의 관계 회복을 통해 자아는 하나님의 은혜를 받아 누릴 수 있게 되고, 그 자아의 정서가 자연을 풍요롭고 여유로우며 생명력이 넘치는 낙원으로 만든다.

이렇게 보면 시에서 하나님과 자아 사이의 관계가 '단절'이냐 '연결'이냐에 따라 자연 이미지가 각각 다르게 형상화된다는 것을 알 수 있다. 결국 낙원으로서의 자연과 결핍으로서의 자연이 모두 자아와 하나님 사이의 관계에 따라 나타나는 결과물이 된다. 자아가 확실한 믿음에 서서 하나님과의 관계가 굳건하게 연결되어 있을 때 자아를 둘러싸고 있는 자연은 낙원 이미지로 형상화된다. 반대로 자아와 하나님 사이의 관계가 단절되어 있으면 자아를 둘러싼 자연은 결핍의 이미지로 형상화된다. 이것은 기독교적 서정시의 특징적인 자연 이미지가 자아의 신앙 상태에 따라 다르게 나타나는 결과임을 말해 준다.

+ **2** +

신과의 연결과 단절의 결과

자아와 하나님 사이의 '연결'과 '단절'이 가져오는 자연 이미지의 이러한 극적인 변화는 2장에서 살펴본 박두진의 시 「해」에서도 마찬가지로 나타난다. 신과의 단절이 불러오는 결핍의 이미지와 신과의 연결이 가져오는 낙원 이미지가 시 「해」의 경우에는 한 편의 시 안에서 명확하게 드러난다. 해가 솟아오르기 전의 '달밤'은 자아와 세계 사이의 단절이 불러오는 결핍의 정서가 지배하는 세계라고 할 수 있다. 그리고 해가 떠오르는 미래의 시간 속의 자연 공간은 자아와 세계가 긴밀하게 연결되어 있는 낙원 이미지가 지배한다. 여기서 보듯이 자아를 둘러싼 자연 공간을 그렇게 바꾸는 가장 중요한 요소는 "해"이다. 천상적 질서가 지상적 질서인 어둠의 세계로 하강하는 사건이다.

이런 이미지의 변화를 기독교적 표현으로 바꾸면, 하나님의 은혜
가 어두운 지상으로 내려올 때, 자아를 둘러싸고 있던 결핍과 부정
의 이미지를 지닌 자연이 낙원으로 바뀌는 것이라고 할 수 있다. 자
아와 하나님과의 관계가 단절될 때 자아를 둘러싸고 있는 세계로서
의 자연은 부정적이고 결핍되어 있는 세계로 이미지화되고, 자아와
하나님과의 관계가 연결될 때 그 세계는 하나님으로부터 오는 은총
을 누리는 낙원으로 이미지화된다.

박목월의 시 「사향가(思鄕歌)」

박목월의 시에도 이러한 낙원과 결핍이라는 상반된 자연 이미지
가 나타난다. 시 「사향가」에서 자아는 두 개의 세계를 보여주는데,
이 두 세계 사이의 차이를 통해 박두진 시에서 살펴보았던 낙원으로
서의 자연 이미지와 결핍으로서의 자연 이미지를 확인할 수 있다.

밤차를 타면

아침에 내린다

아아 경주역(慶州驛).

이처럼

막막한 지역(地域)에서

하룻밤을 가면

그 안존하고 잔잔한

영혼의 나라에 이르는 것을.

천년(千年)을

한 가락 미소(微笑)로 풀어버리고

이슬 자욱한 풀밭으로

맨발로 다니는

그나라

백성. 고향사람들.

땅위와 땅아래를 분간하지 않고

연꽃하늘 햇살속에

그렁저렁 사는

그들의 항렬을. 성(姓)받이를.

이제라도

갈까부다.

무거운 머리를

차창(車窓)에 기대이고

이승과

저승의 강을 건너듯

새까만 밤을 달릴까부다

무슨 소리를.

발에는 족가(足枷)1).

손에는 쇠고랑이

귀양온 영혼의

무서운 형벌(刑罰)을.

이자리에 앉아서

돌로 화하는

돌결마다

구릿빛 싯벌건 그 무늬를.

— 박목월, 「사향가(思鄕歌)」

이 시에는 두 개의 세계가 분리되어 있다. 자아의 현재적 삶이 이루어지는 "이자리"와 자아가 돌아가고 싶은 고향인 "경주"가 그것이다. 자아는 고향 경주를 "그 안존하고 잔잔한/영혼의 나라"라는 낙

---

1) 족가(足枷): 차꼬. 옛 형구의 하나로, 죄인의 발목에 채우는 쇠고랑.

원 이미지로 표현하고, "이자리"를 "귀양온" 영혼이 살아가는 결핍의 공간으로 표현한다.

자아가 서 있는 삶의 공간인 "이자리"는 부정적인 정서가 지배하는 결핍의 공간이다. "이자리"에 서 있는 자아는 "발에는 족가(足枷)/손에는 쇠고랑"을 차고 살아가야 한다. 자유를 구속당하고 힘겹게 강제로 노동을 하며 살아야 하는 죄인의 삶이다. 이런 자아가 살아가는 현실 공간은 자연스럽게 귀양지가 되고 감옥 같은 땅이 된다. 죄인이 형벌을 받는 자리이기에 평안과 안식을 주는 공간으로 이미지화되지 않는다.

자아가 살고 있는 현실 공간이 죄수로서 벌을 받는 공간이라면 "귀양온 영혼"이라는 말의 의미가 분명해진다. 영혼이 귀양을 왔다는 것은 자신이 죄를 지은 결과로 이와 같은 삶의 상태가 주어졌다는 것을 의미한다. 이런 상태의 삶이기에 "구릿빛 싯벌건 그 무늬"를 삶의 흔적처럼 지니고 살아간다. 이 무늬는 자신의 죄 때문에 귀양온 자가 삶의 자리에서 형벌의 하나로 주어지는 노동을 하고난 결과물이 된다. 따가운 햇빛 아래에서 노동하는 자의 등에 새겨질 것 같은 "구릿빛 싯벌건 그 무늬"는 그러므로 죄인이기 때문에 해야 하는 노동의 결과, 즉 몸에 새겨진 형벌의 증거이다.

현실 공간을 이렇게 이미지화하는 이면에는 자신이 원래 살던 공간으로 돌아가고 싶다는 간절한 소망이 깔려 있다. "이자리"가 자신이 지은 죄 때문에 벌을 받아 쫓겨 온 공간이기에 자아는 "이자리"

에 정을 붙이지 못하고 끊임없이 원래 살던 자유의 공간으로 돌아가고 싶어 하고, 그 욕망은 시의 제목인 '사향가', 즉 '고향을 그리워하는 노래'가 된다. 이 시에서 고향 "경주"로 돌아가고 싶다는 간절한 욕망은 존재의 근원으로 돌아가고 싶다는 욕망으로 승화된다. 경주가 이 시에서 부족한 것이 없고 평안과 안식이 있는 낙원 같은 공간으로 이미지화되는 이유이다.

자아에게 경주는 현실 공간 속에서 느끼는 고통과 괴로움 혹은 외로움과 같은 모든 부정적인 정서들을 극복하고, 평안과 안식을 누릴 수 있는 풍성한 낙원 같은 공간이다. 그 세계는 "안존하고 잔잔한/영혼의 나라"로 이미지화된다. 안존하고 잔잔하다는 것은 그 세계가 평안과 안식이 지배하는 공간이며, 그래서 현실의 고통스러운 삶이 가져다주는 불안과 부족 같은 결핍의 정서가 지배하지 않는 공간이라는 의미이다.

그 세계는 또한 "영혼의 나라"이다. 귀양 온 "영혼"은 육체의 세계가 아니라 영혼의 세계에서 가장 편안한 삶을 영위할 수 있을 것이므로, 영혼의 나라는 자신의 본성에 어울리는 삶을 살 수 있는 안식과 평안의 공간이다. 그 세계로 돌아가는 것은 그래서 현실의 자아가 경험하는 힘겨운 형벌의 자리를 벗어날 수 있는 길이기도 하다.

그 세계에 사는 이들인 "고향 사람들"은 자아와 같은 항렬과 성을 공유하는 친족이고 친지들이며, 이들은 "땅위와 땅아래를 분간하지 않고/연꽃하늘 햇살속에/그렁저렁 사는" 사람들이다. 여기에는 두 가지 삶의 방식이 이미지화된다. "땅위와 땅아래를 분간하지 않고" 살아가는 방식과 "연꽃하늘 햇살속에/그렁저렁 사는" 삶의 방식이다.

땅 위와 땅 아래를 분간하지 않는다는 것은 사람들이 가르는 여러 가지 나눔의 방식으로 세상을 재단하지 않는다는 것을 의미할 것이다. 하늘과 땅, 삶과 죽음, 높고 낮음, 이승과 저승 등 사람들이 상식적으로 가르는 여러 가지 이분법적인 경계를 허물어 버리는 삶의 방식이다. 이는 또한 다양한 신분으로 위아래를 나누고 살아가는 신분 차별까지도 넘어서는 삶의 방식이라고 생각할 수 있다. 자아가 생각하는 "영혼의 나라"이기에 가능한 삶의 방식이다.

그러한 세계에서 사람들은 또 "그렁저렁" 살아가고 있다. 이 단어는 그 나라 사람들의 삶이 경쟁으로 이루어지는 치열한 다툼의 삶이 아니라, 여유롭고 편안하며 안온한 삶이라는 것을 의미한다. 고향 경주라는 공간에서는 사람들이 "그렁저렁" 살아가도 아무런 문제가 되지 않는다.

이런 삶의 방식은 자아가 발붙이고 있는 현실의 공간에서 이루어지는 삶의 방식과는 전혀 다르다. 자아에게 현실의 삶이 이루어지는 "이자리"는 귀양 온 자의 힘겨운 노동 같은 강제적인 노동이 이루어지는 공간이고, 그래서 "막막한" 마음으로 살아갈 수밖에 없는 삶의 공간이다. 어둡고 부정적인 정서가 지배하는 공간이 될 수밖에 없다.

이에 비해 고향 사람들의 삶은 햇살로 가득한 공간에서 이루어지는 밝은 삶이다. 햇살은 천상의 질서가 지상에 비치는 것으로, 하늘의 은총을 누릴 수 있는 공간이라는 의미가 된다. 그러므로 고향 사람들의 삶은 낙원에서 살아가는 사람들의 삶이며, 자아는 간절한 마음으로 그러한 공간으로 돌아가기를 소원한다.

이렇게 보면 자아의 고향인 "경주"는 현실적이고 실제적인 지명으로서의 경주라고 하기 어렵다. 물리적으로 기차를 타고 가서 만나는 경주는 그저 현실에서 만나는 하나의 지명일 뿐이지만, 이 시에서 경주는 "영혼의 나라"이다. 거기는 천상의 질서와 지상의 질서가 경계를 짓지 않고 함께 공존하는 곳이며, 그 속에서 살아가는 삶 또한 고통스럽거나 쫓기는 삶이 아니라 "그렁저렁" 여유롭고 안온하게 살아가는 낙원의 삶이다.[2] 이 시에서 "경주"는 그래서 자아가 현실적 삶을 살아내는 "이자리"의 힘겹고 고통스러운 삶 너머에 존재하는 낙원으로 다가온다.

"경주"가 내포하는 낙원 이미지는 기독교적 관점에서 보는 낙원으로 규정지을 수 있다. 이 시에서 비록 "연꽃하늘"이라는 불교적 이미지가 개입되어 있는 듯한 표현을 쓰기도 하지만, 시 전체로 보면 현실 공간을 "귀양온 영혼"이 "무서운 형벌" 받는 공간으로 묘사하고 있다는 점에서 기독교적 공간으로 보아야 한다.

---

2) 금동철, 「한국 현대시에 나타난 기독교적 자연관」, 『한국현대문학연구』 제19집(2006. 6.) : 100.

현실 공간이 귀양 온 공간이 되는 것은 낙원 추방[3]이라는 기독교적 세계관을 떠올리게 한다. 아담과 하와가 하나님께 죄를 지어 낙원으로부터 추방되었을 때, 이들은 자신들의 죄로 말미암아 저주를 받아 힘겨운 노동을 하게 되었고, 그들이 살아갈 땅 또한 함께 저주를 받아 가시덩쿨과 엉겅퀴를 내게 되었다. 그러므로 그 땅에서 먹을 것을 얻기 위해서는 힘겨운 노동을 해야 한다.

이러한 세계관으로 볼 때 "발에는 족가/손에는 쇠고랑이/귀양온 영혼의/무서운 형벌을"이라는 구절의 의미가 제대로 살아난다. 여기서 인간의 노동은 아름답고 행복한 것이 아니라 고통스러운 형벌이 되며, 자아는 이렇게 형벌을 받는 자리에 서서 낙원으로서의 "경주"로 돌아가는 꿈을 꾼다.

이 시에서 "경주"에 사는 사람들을 "고향 사람들"이라고 말하는 것은 그래서 더욱 의미심장하다. 그 사람들은 자신과 같은 항렬과 성을 지닌 사람들이면서 자신의 고향에 살고 있는 사람들이다. "고향"이라는 단어는 한 사람이 어린 시절을 보낸 곳이며, 그래서 익숙하면서도 친숙하고 편안하게 안식할 수 있는 공간이라는 의미를 내포하고 있다. 사람들이 타향에서 힘겨운 시간을 보낼수록 고향으로 돌아가 안식하고 싶은 '향수'는 더욱 강해진다. 이 시의 '고향'도 자아의 이런 욕망을 바탕에 깔고 이미지화된다. "이자리"에서 이루어

---

3) 창세기 3장.

지는 삶이 힘겨울수록 '고향'으로 돌아가고 싶은 욕망은 더욱 강해진다.

문제는 "이자리"와 "경주"를 가르는 경계선이 일상의 삶을 사는 자아가 결코 넘을 수 없는 선이라는 데에 있다. 이 두 세계 사이의 선을 처음에는 "밤차를 타면/아침에 내린다"라고 표현하는데, 이 표현은 두 세계 사이의 경계가 그저 일상적인 방식으로도 쉽게 건너갈 수 있는 길이라는 분위기를 풍긴다. 밤에 출발하는 기차만 타면 다음 날 아침에 가벼운 마음으로 도달할 수 있을 것 같은 경주이다.

독자는 그러나 시를 읽어 내려갈수록 그 공간이 그렇게 쉽게 도달할 수 있는 공간이 아님을 서서히 깨닫는다. "이승과/저승의 강을 건너듯" 가야 하는 길로 이미지화될 때 그 길이 현실 공간에서 살고 있는 자아는 결코 도달할 수 없는 공간이라고 느끼게 된다. 이승과 저승의 강을 건넌다는 것은 죽어야 갈 수 있는 곳이라는 의미가 된다. 그러므로 그 공간에 도달하기 위해서는 죽어야 한다. 그 공간은 이제 현실 세계의 공간이 아니라 현실 너머에 존재하는 관념적인 공간이 된다. 이 땅에 귀양 온 영혼으로서는 죽지 않으면 갈 수 없는 절대의 공간이다. 이러한 면에서도 "경주"는 현실적인 지리적 명칭으로서의 경주가 아니라 낙원을 의미하는 이상적 공간이다.

그럼에도 불구하고 자아는 낙원으로서의 "경주"로 가고 싶다는 강한 욕망을 지니고 있다. 이 욕망에는 현실 세계에서 경험하는 결핍과 고통, 부족함 같은 것들을 온전히 채울 수 있을 것이라는 기대가 깔려 있다. "경주"에서 살고 있는 "고향 사람들"의 이상화된 삶의 방식과 낙원으로서의 환경 때문에 그러한 욕망이 설득력 있게 다가온다. 고향에 가고 싶은 자아의 이러한 욕망은 자아가 살아가는 결핍으로서의 현실 공간을 초월하고 극복하고자 하는 인간의 근원적 욕망을 드러낸다.

이 시에서 결핍으로서의 "이자리"와 낙원으로서의 "고향" 이미지를 가르는 중요한 요소는 천상적 질서의 개입이라고 할 수 있다. 자아가 그렇게 도달하고 싶은 고향 사람들의 삶은 천상적 질서와 지상적 질서를 구분하지 않고 온전히 누리는 삶이다. 이를 다시 말하면 "고향 사람들"은 지상에 발을 붙이고 살고 있으면서도 천상적 질서를 함께 누리며 살아가는 사람들이다. 그래서 "그렁저렁" 사는 삶이지만 행복하고 평온하며 안온한 삶을 살아내는 자들이다. 이런 고향 사람들의 삶이 이루어지는 공간은 천상적 질서인 하나님의 은혜가 깃든 낙원으로서의 자연 공간이 된다.

박목월의 시 「천수답(天水畓)」

박목월 시인의 후기시에서도 이러한 천상적 질서가 지상적 질서 속에 깃들 때 자연 이미지가 어떻게 변하는지를 확인할 수 있다. 그의 후기시에서 자주 나타나는 의식 중의 하나는 삶에 대한 달관인데, 그것을 가능하게 하는 요소가 지상적 질서에 깃드는 천상적 질서, 즉 하늘로부터 내려오는 은혜이다. 시인은 세상사에 대한 달관을 통해 현실적인 고통의 세계를 넘어서야 도달할 수 있는 평온하고 안온한 안식의 세계를 그려낸다.

어메야,

복(福)이 따로 있나.

뚝심 세고

부지런하면 사는 거지.

하늘이 물을 대는 천수답(天水畓)

그 논의 벼이삭

니 말이 정말이데.

엄첩구나

내 새끼야,

팔자가 따로 있나.

본심 가지고

부지런하면 사는 거지.

어메야,

누군 한 평생

만년을 사나.

허둥거리지 않고

제 길로 가면 그만이지.

오냐,

내 새끼야,

니 말이 엄첩구나.

잘 살고 못 살고가 어딨노.

제 길 가면 그만이지.

수런거리는 감잎 사이로

별떨기 빛나는 밤하늘.

그 하늘의 깊이.

- 박목월, 「천수답(天水畓)」

    이 시는 "어매야"라고 부르는 자아와 그런 자아를 "내 새끼"라고 부르는 어머니 사이의 대화 형태로 구성되어 있다. 이 두 화자가 세상을 바라보는 관점은 유사하다. 삶의 환경이나 조건과 상관없이 평안을 찾고 여유를 누리는 달관의 경지를 보여준다. "복이 따로 있나"라는 표현이나 "팔자가 따로 있나"라는 표현에서 삶에 대한 달관을 읽을 수 있다.

복이 있는 인생과 복이 없는 인생을 구별하는 것이나 팔자가 좋은 인생과 팔자가 나쁜 인생을 구별하는 시각은, 타고난 삶의 조건이나 환경 혹은 운명에 따라 인생의 좋고 나쁨을 구별하는 관점이다. 그런데 이 시에서 자아와 어머니는 동일하게 그러한 것들이 삶의 가치를 결정하는 것이 아니라고 말한다. 삶은 환경의 문제가 아니라 어떤 자세로 살아가는지가 중요하다고 말하고 있다.

"뚝심 세고/부지런하면 사는 거지"라는 자아의 태도나 "본심 가지고/부지런하면 사는 거지"라는 어머니의 태도가 그러하다. "뚝심"이 센 삶의 방식이나 "본심"을 가지고 사는 삶은, 환경에 따라 삶의 방향이나 기준을 바꾸지 않고 자신의 뜻에 따라 꿋꿋하게 살아나가는 삶의 자세이다. 이는 주어진 환경이나 타고난 운명을 넘어서서 자신의 삶을 긍정적으로 바라보는 태도이다.

이 시의 자아가 살아가는 환경 자체는 그리 녹록지 않다. 자아의 삶이 펼쳐지는 공간은 박목월의 중기시에 나타나는 결핍으로서의 자연 공간과 유사한 면이 있다. '천수답'을 경작하며 살아가는 그 환경은 일반적인 관점에서 볼 때 풍요롭고 안온한 공간이라고 하기는 어렵다.

천수답은 경작하기가 쉽지 않은 논이어서 좋은 땅이라고 부르기 어렵다. 오히려 부족하고 결핍이 많은 공간이라고 할 수 있다. 그런 땅을 경작하고 살아야 하는 삶은 환경의 조건에 민감하게 반응할 수밖에 없고, 그래서 팔자타령이 쉽게 나올 수 있다. 이런 삶의 공간은 그의 시 「하관」에 나오는 "눈과 비가 오는 세상"이나 시 「사향가」에서 나오는 "막막한 지역" 같은 공간으로 볼 수 있다. 여전히 공간 자체는 얼음과 눈으로 덮여 있을 수 있고, 어떻게 살아내야 할지 모르는 막막한 공간일 수 있다.

「천수답」의 자아는 바로 그러한 힘겨운 공간을 달관의 자세로 넘어선다. 삶에 대한 달관은 자신이 살고 있는 환경 자체를 변화시켜 풍요와 안식을 얻는 삶을 말하는 것이 아니다. 오히려 그 삶은 세상을 대하는 자신의 태도를 바꿈으로써 얻는 내적 풍요와 안식이라고 할 수 있다.

이 시의 자연 공간인 천수답은 여전히 힘겨운 삶이 이루어지는 공간이다. 자아는 "논의 벼이삭"을 얻기 위해 노력해야 하고, 비가 적절하게 와야 제대로 수확할 수 있는 천수답은 쉽게 소출을 내어주지 않는다. 이런 삶의 공간을 평온함과 풍요로움 혹은 안식을 제공하는 공간으로 바꾸기 위해 자아는 세상을 바라보는 자신의 관점을 바꾼다. 복이나 팔자가 따로 있는 것이 아니라, 어떤 자세로 살아내느냐가 중요하다고 말하고 있다.

"하늘이 물을 대는 천수답"의 이미지 변화는 이러한 달관의 자세를 설명하는 데 있어서 중요한 역할을 한다. 천수답은 수원지가 따로 없어 논에 물을 쉽게 댈 수 없는 땅이며, 그래서 하늘에서 내리는 비에 전적으로 의지하여 경작하는 땅이다. 하늘에서 비가 와야 물을 댈 수 있는 논이기 때문에 날씨의 영향을 강하게 받으며, 그만큼 소출도 들쭉날쭉하고 경작하기도 어려운 논이다. 어떤 날씨에도 풍성한 소출을 내는 기름진 땅이라고 하기는 어렵다. 그런데 자아는 이런 천수답을 바라보는 관점을 바꿈으로써 삶을 달관하는 경지에 도달한다.

천수답에서 벼가 무사히 잘 자라기 위해서는 적절한 때에 적절한 양의 비가 와야 한다. 비가 너무 많이 오거나 너무 적게 오면 그 해의 농사는 망하기 때문에 전적으로 하늘에 의지할 수밖에 없는 논이다. 이런 천수답의 조건 자체는 변하지 않지만, 그것을 바라보는 자아의 시선은 얼마든지 바뀔 수 있다.

좋은 논은 필요할 때 물을 쉽게 얻을 수 있는 논이다. 수원지 바로 아래에 있는 논이나 강 옆에 있는 논이 좋은 이유가 이 때문이다. 경작자의 의지와 노력에 따라 쉽게 물을 댈 수 있다면 좋은 땅으로 본다. 천수답은 이런 관점에서 보면 좋은 땅이라고 하기 어렵다. 그런데 이 시에서는 천수답을 "하늘이 물을 대는" 논이라고 표현함으로써 천수답에 대한 평가를 완전히 바꾸어버린다. 하늘이 주관하여 농사를 짓는 땅이라는 의미로, 땅을 바라보는 시선을 바꾸는 것이다.

천수답은 이제 "하늘"이 직접 나서서 필요한 물도 주고 곡식도 길러내는 은혜의 땅이 된다. 모든 것이 하늘로부터 내려오는 축복에 달려 있기에 하늘을 바라보며 하늘에 의지하여 살아가게 되는 축복을 누릴 수 있는 땅이다.

이런 삶의 자세에는 하늘의 축복이 있을 때 진정으로 풍요롭고 평안한 삶이 가능하리라는 인식이 깔려 있다. 자신의 노력과 능력을 발휘하여 낙원을 만들어내는 태도가 아니라, 하늘로부터 오는 은혜에 의지해 낙원을 받아 누리는 삶이 더욱 좋다는 자세이다.

삶의 풍요로움은, 자신의 능력과 노력으로 개척해서 이것들을 얻어내는 태도로부터 오는 것이 아니라, 하나님께로부터 오는 축복을 받아 누리는 삶으로부터 온다고 믿는다. 이는 기독교적 서정시에서 자아와 하나님 사이의 관계가 온전하게 연결되어 있을 때 얻을 수 있는 축복이다.

천수답을 긍정적으로 바라보는 자아의 자세는, 삶을 풍요롭게 하는 것이 하늘의 능력과 은혜임을 인정하고 적극적으로 그것에 의존하는 자세이다. 이런 자세로 삶을 바라볼 때 "수런거리는 감잎 사이로/별떨기 빛나는 밤하늘,/그 하늘의 깊이"가 보인다. 부족하고 불안한 결핍의 세계에서 살고 있는 자아가 눈을 들어 "별떨기 빛나는 밤하늘"을 바라본다. 그러한 관점에 설 때 자연 공간은 낙원으로 바뀌고, "잘 살고 못 살고가 어딨노./제 길 가면 그만이지"라는 달관의 경지가 가능해진다. 결국 천수답은 하나님과의 관계가 온전해진 자아가 하늘로부터 은혜를 받아 누리는 낙원으로서의 자연 공간이 된다.

이 시에서 자아가 풍성하고 풍요로운 낙원에 이르는 방법이 명확해진다. 자아가 살아가는 공간인 천수답은 가뭄으로부터 안전한 땅으로 바뀐 것이 아니라 여전히 천수답이다. 홍수나 가뭄과 같은 기상에 따라 얼마든지 결핍의 공간이 될 수 있지만, 오히려 그래서 하늘로부터 오는 은혜를 더욱 의지하게 된다. 만약 자아와 하나님과의 관계가 단절된다면 그 공간은 부정과 결핍이 지배하는 공간이 될 수 있고, 반대로 자아와 하나님과의 관계가 회복되어 하나님으로부터 오는 은혜를 온전히 누릴 수 있는 관계가 이루어진다면 그 공간은 풍성한 하늘의 은혜를 누리는 공간이 된다. 동일한 자연 공간이 자아와 하나님과의 관계에 의해 규정되는 원리가 여기에도 적용된다. 이것이 기독교적 서정시에서 자연 이미지의 양태를 결정하는 방법이다.

김현승의 시 「촌 예배당」

김현승의 시에서도 신과의 관계에 의해 결정되는 자연 이미지가 잘 드러난다. 고독을 주제로 삼는 중기시의 자연은 결핍으로서의 자연 이미지가 주로 형상화되지만, 하나님과의 관계를 회복한 후기의 시에 형상화되는 자연은 낙원으로서의 자연 이미지를 회복한다. 이는 자아가 맺는 신과의 관계에 의해 규정되는 자연 이미지의 속성을 잘 보여주는 변화이다.

깊은 산골에 흐르는
맑은 물 소리와 함께
나와 나의 벗들의 마음은
가난합니다
주여 여기 함께 하소서.

밀 방아가 끝나는
달 뜨는 수요일 밤
육송으로 다듬은 당신의 단 앞에
기름불을 밝히나이다
주여 여기 임하소서.

여기 산 기슭에
잔디는 푸르고
새소리 아름답도소이다.
주여 당신의 장막을 예다 펴리이까
나사렛의 주여
우리와 함께 여기 계시옵소서.

– 김현승, 「촌 예배당」

기도문 형태로 쓴 이 시에서 자아가 바라보는 자연 공간은 풍요로움과 여유로움이 지배하는 공간이다. 자아는 주님의 임재를 기대하며 기도하고 있고, 자연은 그러한 자아의 정서와 동화되어 풍성하고 여유로운 낙원으로서의 공간이 된다. "맑은 물소리"와 "잔디는 푸르고/새소리 아름답"게 들리는 공간이다.

자아가 머물고 있는 이 공간은 그런데 자아의 가치평가를 떠나 객관적으로 바라본다면, 그 자체로 풍요롭거나 여유가 넘치는 공간이라고 보기는 어렵다. "깊은 산골"에 물이 흐르고 있고, 잔디가 있고 새소리가 들리는 산기슭이며, 시간상으로는 달이 뜨는 밤이 배경이 되는 공간일 뿐이다. 그 자체로는 풍요와 안식을 약속해주지 않는다. 자아와 벗들이 모이는 이 공간은 또한 깊은 산골짜기에 있고, 예배를 진행하는 단 또한 "육송으로 다듬은" 소박한 것일 뿐이다. 게다가 조명으로는 "기름불"을 밝혀야 할 정도로 촌구석에 위치한 작은 예배당임을 짐작하게 한다. 화려한 조명과 갖가지 휘황찬란한 도구들로 채워진 대도시의 큰 예배당이 아니라, 시골에 자리한 자그마하고 소박한 예배당이다.

그 예배당에 사람들이 모이는 지금 시간 또한 "밀 방아가 끝나는/달 뜨는 수요일 밤"이다. "밀 방아가 끝나는" 시간에 모이는 사람들은, 아마도 이 예배당에 모이기 전에 열심히 그 밀방아를 찧던 사람들이라고 생각된다. 지금 이들이 드리는 예배는 자신이 하던 일을 마무리하고 함께 모여 드리는 예배이다. 밀방아는 자동으로 처리되는 커다란 기계식 방앗간이 아니라, 수동으로 움직이는 조그마한 방아라는 의미를 품고 있다. "달 뜨는 수요일 밤"은 바로 그런 방아에 매달려 하루 종일 일하다가, 달이 떠오르는 밤이 되어서야 하던 일을 마무리하고 정갈한 마음으로 주님 앞에 나오는 순박한 농부의 하루를 생각나게 한다.

그러한 자리에 예배를 드리기 위해 모인 사람들의 상태를 "가난합니다"라고 표현한 것은 의미심장하다. 이 시에 묘사되는 환경이 물질적으로 가난한 삶을 말하고 있다는 느낌이 강하다. 깊은 산골의 산기슭에 있는 작은 촌 예배당이고, 예배를 드릴 단 또한 육송으로 만든 단순한 것이다. 화려함이나 사치, 풍요와 같은 것이 자리할 틈이 없다.

이 시는 그런데 이러한 사람들의 물질적 가난만을 의미하지 않고 마음의 가난이라고 구체적으로 지적한다. "나와 나의 벗들의 마음은/가난합니다."라고 서술한다. 자아를 포함한 예배당에 모인 사람들의 "마음"이 가난하다고 말하고 있다. 그러므로 이 "가난"은 먹고 살 양식이나 부의 부족이라기보다는, 주님을 만나고 싶어 하는 마음의 가난으로 읽게 만든다.

이 가난을 "마음"의 가난으로 보는 태도는, 이 자리에 나올 때 필요한 준비물이 가난한 마음이라는 영적인 상태라고 주장하는 표현이다. 기독교적 관점에서 마음의 가난은 인간이 하나님을 만나는 중요한 덕목 중의 하나이다.[4] 마음이 가난한 자, 즉 교만하지 아니한 자가 하나님을 만나고 천국이 그들의 것이 되는 복을 누린다. 자아가 말하는 마음의 가난은 그러므로 하나님 앞에 선 자가 지닐 마음의 자세이다. 가난한 마음은 신을 만날 수 있게 하고, 하늘의 축복을 누릴 수 있게 하는 조건이 된다. 자아와 그 벗들이 "주님"을 만날 수 있는 조건을 그렇게 갖추었다.

주님과 만난 자아를 둘러싸고 있는 공간인 자연이 낙원 이미지로 형상화되는 것은 그래서 자연스럽다. 가난하고 부족한 것이 많은 촌구석의 소박하고 작은 예배당이지만, 그 속에서 예배드리는 자들의 마음이 가난하기에 주님을 만날 수 있고, 그들을 둘러싸고 있는 자연 공간이 낙원으로 변한다.

이 자연 공간 속의 사물들은 다양한 수식어를 통해 낙원 이미지를 만들어낸다. "맑은 물 소리"나 "잔디는 푸르고", "새소리 아름답도소이다"와 같은 표현을 통해 이 공간이 맑고 깨끗하며 여유롭고 아름다운 낙원이 된다. 물소리나 잔디, 새소리와 같은 것들 자체가 풍요나 여유라는 의미를 지니지는 않는 중립적인 사물이라고 할 수 있다. 어떤 관점에서 그 사물들을 묘사하느냐에 따라 낙원 이미지가 될 수도 있고 결핍과 부정의 이미지가 될 수도 있으며, 말 그대로 중립적으로 묘사될 수도 있는 이미지들이다. 그런데 자아는 그러

---

4) 마태복음 5:3.

한 사물들에 "맑은", "푸르고", "아름답도소이다" 같은 긍정적인 수식어를 부여함으로써 자연 공간을 깨끗하고 여유로운 낙원 이미지로 만든다.

각 연의 마지막 행에 "주여 여기 함께 하소서."라는 구절을 후렴구처럼 배치하여 자아는 그러한 세계에 대한 간절한 바람을 표현한다. 가난한 자들이 모인 소박한 예배당이지만 주님을 향한 간절한 기원이 있기에, 그 공간이 오히려 하늘의 축복을 경험하는 은혜의 공간이 될 수 있다. 그것을 알기에 자아는 이런 기도를 각 연의 마지막 행에 의도적으로 배치한다. 자아가 서 있는 공간이 하늘의 축복을 누리는 공간이 될 때 자연은 "맑은 물 소리"가 들리고, "잔디는 푸르고/새소리 아름"다운 낙원 이미지를 지닌 공간이 된다.

하늘의 축복을 누리기 때문에 자연이 낙원으로 이미지화된다는 점은 중요한 의미를 내포한다. 자연 자체에 내재되어 있는 생명력이나 풍요로움 때문에 그 자연이 낙원으로 인식되는 것이 아니라는 말이다. 이 시에서 자연 자체는 중립적이지만 그것을 바라보는 자아의 시선이 자연을 낙원으로 만든다. 하나님을 바라보고 하늘로부터 오는 은총을 입은 자아는 풍성하고 풍요로우며 여유로운 눈으로 세계를 바라본다. 그러한 시선 아래에 있는 자연 또한 낙원으로 이미지화된다.

이것이 기독교적 서정시에 나타나는 자연 이미지의 중요한 특징 중의 하나이다. 기독교적 서정시에서 서술의 대상이 되는 자연은 본래 중립적인 자연인데, 시에서 그 자연을 대면하고 서술하는 자아의 상태에 따라 긍정적 의미를 내포하는 낙원 이미지로 형상화되기도 하고 부정적 의미를 내포하는 결핍의 이미지로 형상화되기도 한다.

어두움이나 부족함, 두려움과 같은 여러 가지 부정적인 의미를 내포한 결핍으로서의 자연 이미지나, 풍요롭고 풍성하며 생명력이 넘치는 공간과 같은 긍정적 의미를 내포한 낙원으로서의 자연 이미지 모두 그 자체로 보면 동일한 중립적 자연으로부터 출발한다. 그러한 중립적 자연이 자아와 하나님과의 관계에 따라 전혀 다른 모습으로 이미지화되는 것이다.

기독교적 서정시에서 자연 이미지는 그러므로 어느 한 측면으로 고정되어 있지 않다. 자아와 하나님과의 관계에 영향을 받는 자아의 정서에 따라 자연이 낙원이 될 수도 있고 결핍이 지배하는 공간이 될 수도 있다. 이는 자아와 신과의 관계가 단절되어 있는지 혹은 연결되어 있는지에 따라 나타나는 결과이다. 기독교적 서정시의 자연 이미지를 결정하는 것은 결국 자아와 신과의 관계이다.

이제까지 살펴보았듯이 한 편의 시 안에서도 자아와 하나님과의 관계에 의해 두 가지의 상반된 자연 공간이 형상화되는 경우를 볼 수 있다. 박두진의 시 「해」나 「향현」에서는 천상적 질서에 속한 '해'나 '화염'을 통해, 어두움과 두려움이 지배하던 결핍으로서의 자연 공간이 밝고 생명력 넘치는 화해와 평안의 낙원 공간으로 변하는 것을 볼 수 있다. 박목월의 시 「사향가」나 「하관」 또한 하나님의 은혜가 미치는 낙원으로서의 자연 공간과 힘겨운 삶이 이루어지는 결핍으로서의 자연 공간이 함께 형상화되어 있음을 볼 수 있다. 이런 시에서 자아는 결핍으로서의 자연 공간에 서서 낙원을 지향하는 간절한 바람을 내보인다.

하나님과의 관계가 단절된 자아가 느끼는 두려움과 불안, 결핍은 자연 이미지에 그대로 영향을 미친다. 김현승의 시 「겨우살이」에서 형상화되는 차갑고 메마른 자연 공간이나, 정지용의 시 「조찬」의 차가운 비바람이 몰아치고 자아를 억압하던 자연 공간이 그러하다. 박목월의 시 「나무」에서는 차가운 겨울바람을 맞고 서 있던 나무들의 이미지를 통해 이런 자연 공간이 형상화되고, 박두진의 시 「도봉」에서는 자아가 경험하는 단절과 외로움의 정서가 결핍으로서의 자연 공간으로 형상화되는 것을 볼 수 있다.

자아가 하나님과의 관계를 회복하고 하나님으로부터 오는 은혜를 온전히 받아 누릴 때 자연 공간은 낙원 이미지로 형상화된다. 하늘을 향해 가지를 뻗어 천상적 질서와 연결된 나무가 하늘로부터 오는 은혜를 온전히 받아 누리는 낙원 이미지를 형상화한 정지용의 「나무」나 박두진의 「낙엽송」, 김현승의 「나무」와 같은 시의 자연 이미지가 그러하다. 박목월의 「천수답」이나 김현승의 「촌예배당」, 박두진의 「천태산 상대」 등의 시에서는 하늘의 축복을 받는 자연 공간이 어떻게 낙원 이미지로 형상화되는지를 잘 확인할 수 있다.

이렇게 기독교적 서정시에서 자연은, 낙원으로서의 자연 이미지와 결핍으로서의 자연 이미지라는 이중적인 이미지로 형상화되는 것을 볼 수 있었다. 동일한 자연 공간이 이러한 상이한 이중성으로 형상화된다는 것은 자연 자체를 절대화하지 않는 기독교적 세계관으로부터 나온 결과물이다. 그리고 이 두 가지 이미지를 결정하는 요소는 자아가 신과 맺는 관계의 양상이다.

자아와 하나님과의 관계가 확실하게 연결되어 있을 때 자아는 하나님으로부터 오는 은혜를 온전히 누리는 상태가 되고, 그러한 상태의 자아가 살아가는 자연 공간은 또한 풍요와 안식이 있는 낙원이 된다. 반대로 자아와 하나님과의 관계가 단절될 때 자아는 하나님으로부터 오는 은혜를 누릴 수 없는 상태가 되고, 자연 공간 또한 부정과 결핍의 이미지가 지배하는 공간으로 바뀐다. 자연은 여기에서 신성함이나 절대성을 지니는 존재가 아니라, 자아의 내적 정서를 표현하기 위한 도구가 된다. 기독교적 서정시의 자연은 그래서 신과의 관계에 의해 규정되는 자연이다.

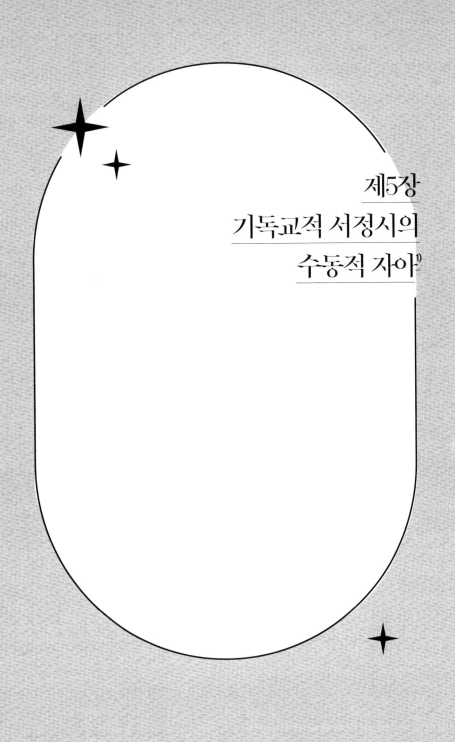

제5장
기독교적 서정시의
수동적 자아[1]

1

주어진 낙원으로서의 자연

기독교적 서정시의 자연 이미지가 낙원으로서의 자연으로 그려지기도 하고 결핍으로서의 자연으로 그려지기도 하며, 이 두 가지 자연 이미지는 신과의 관계에 의해 규정되는 것임을 살펴보았다. 기독교적 서정시의 자연 이미지가 지닌 이러한 특징은 자아의 존재 방식에도 영향을 미친다.

자연이 하나님과의 관계에 의해 긍정적인 낙원 이미지나 부정적인 결핍 이미지로 형상화되는 특징은, 하나님과 자아 사이의 관계에

---

1) 제5장은 저자의 논문 「박두진 초기시에 나타난 자아의 존재방식」, 『ACTS 신학저널』 제27권 (2016.4.)을 일부 수정하여 수록한 것이다.

의해 자연 이미지의 정서가 결정된다는 말이다. 이때 자연은 수동성을 지닌 존재로 그려진다. 하늘로부터 오는 축복에 의해 자연의 정서가 결정되는 것이다. 여기에는 자아의 경우도 마찬가지로 수동성을 지닌 존재로 형상화된다. 이런 자아의 수동성은 특히 자연이 낙원 이미지로 형상화될 때 더욱 선명하게 나타난다.

기독교적 관점에서 낙원은 전적으로 하나님에 의해 주어지며, 자아는 그러한 낙원을 받아서 누리는 존재이다. 이것은 기독교에서 말하는 구원의 과정과 관련된다. 인간이 낙원을 누리기 위해서는 하나님으로부터 오는 구원을 얻어야 가능하다. 그런데 인간은 하나님 앞에서 죄를 지어 전적으로 타락한 존재이기 때문에 자신의 능력이나 스스로의 노력으로는 절대로 이 구원의 자리에 이를 수 없다. 그러므로 인간은 스스로 낙원을 만들 수도 없을 뿐만 아니라 그러한 낙원에 이를 수도 없는 존재이다. 인간의 구원은 스스로의 능력에 의해 이룰 수 없고, 오직 하나님으로부터 주어지는 은혜의 선물이다. 구원의 과정에서 인간은 수동적인 존재로 남아 있다.

이러한 구도는 기독교적 서정시에서 낙원으로서의 자연과 그것을 누리는 자아 사이에서도 그대로 나타난다. 우리는 앞에서 낙원으로서의 자연 공간이 자아와 하나님과의 관계가 온전하게 연결되었을 때 이루어지는 것임을 살펴보았다. 그런데 그 자연 공간은 자아가 스스로 개척해 내거나 만들어내는 것이 아니었다. 오히려 자아는 하늘로부터 오는 은혜가 스며들어 낙원이 된 자연을 온전히 받아 누리는 존재가 되는 것이다.

이러한 측면에서 보면 기독교적 서정시에서 자아는 낙원으로서의 자연과의 관계에 있어서 수동적인 존재가 된다. 자아가 적극적으로 개입하거나 노력하여 자연을 낙원으로 바꾸고 그 낙원 속에서 행복을 누리는 존재가 아니라, 하나님의 은혜로 주어지는 낙원으로서의 자연을 받아서 누리는 수동적인 존재인 것이다. 그러므로 기독교적 서정시에 형상화되는 낙원으로서의 자연을 제대로 이해하기 위해서는 '주어진 낙원'으로서의 자연과 '받아서 누리는 자아'로서의 수동성을 잘 살펴볼 필요가 있다. 이를 위하여 특히 낙원 이미지가 강하게 드러나는 박두진의 초기시를 살펴보자.

박두진의 시세계를 분석하는 데 있어서 자연 이미지는 매우 중요한 요소 중의 하나이다. 그의 초기시에서부터 후기시에 이르기까지 다양한 시편들 속에서 자연은 핵심적인 이미지로 자리 잡고 있으며, 그의 시를 이해하는 데 있어서도 중요한 역할을 하고 있기 때문이다. 특히 그의 초기시에 형상화된 자연 이미지를 정확하게 이해하는 것은 그의 시세계 전체를 이해하는 핵심적인 열쇠의 역할을 한다. 그러므로 그의 시세계를 논하는 많은 논의들이 이러한 자연 이미지에 주목해 왔던 것이 사실이다.[2]

---

2) 김재홍, "혜산 박두진", 『한국현대시인연구』 (서울: 일지사, 1990); 김현자, "박두진과 생명탐구", 『한국현대시사연구』, 김용직 외 (서울: 일지사, 1993); 최승호, "『청록집』에 나타난 생명시학과 근대성 비판", 『서정시의 이데올로기와 수사학』 (서울: 국학자료원, 2002); 김응교, 『박두진의 상상력 연

이 시기의 자연 이미지는 기독교적인 낙원 이미지를 지니고 있을 뿐만 아니라 강렬한 생명력을 지니고 있다는 점은 대부분의 논의들이 인정하고 있는 바이다. 이 자연 이미지가 단순히 있는 그대로의 자연을 그려내기보다는 시인이 지니고 있던 낙원 지향성 혹은 기독교적 세계관을 투영해 내는 이미지로 작용하고 있는 것 또한 사실이다.

『문장』지에 박두진 시인을 추천한 정지용이 박두진의 시를 "무슨 삼림에 풍기는 식물성의 것"이며 그래서 "시단에 하나 '신자연'을 소개"[3]하는 것이라고 평가한 이후로, 박두진의 초기시에 형상화된 자연 이미지는 그의 시세계를 연구하는 중요한 주제의 하나가 되어 왔다. 이 자연 이미지들이 "이상화된 자연, 혹은 관념의 세계를 동시에 보여주는"[4] 이미지라는 평가나, 그 이미지들이 객관적이거나 있는 그대로의 자연을 그리기 위해 형상화된 것이 아니라 "그의 정신과 이상을 구현하는 관념의 매개체"[5]로 작용하고 있다는 평가는 이러한 자연 이미지에 대한 대표적인 논의들 중의 하나이다.

구』, (서울: 박이정, 2004); 유성호, "기독교 의식을 통한 신성 지향의 완성", 『근대시의 모더니티와 종교적 상상력』 (서울: 소명출판사, 2008); 금동철, "박두진 초기시에 나타난 자연 이미지의 이중성과 그 의미", 『한민족어문학』 제61집(2012.8); 금동철, "박두진 시에 나타난 '예수 그리스도像' 연구", 『ACTS 신학과 선교』 제13호(2012) 등.

3) 정지용, "시선후", 『정지용 전집 2 - 산문』 (서울: 민음사, 1994), 286.

4) 김현자, "박두진과 생명탐구", 『한국현대시사연구』, 김용직 외 (서울: 일지사, 1993), 512.

5) 유성호, "기독교 의식을 통한 신성 지향의 완성", 『근대시의 모더니티와 종교적 상상력』 (서울: 소명출판사, 2008), 273.

초기시에 형상화된 이러한 자연 이미지는 관념적인 속성을 지니고 있을 뿐만 아니라 기독교적인 속성을 지니고 있어서, 그 이후의 박두진의 시세계를 이해하는 중요한 요소 중의 하나가 된다. 초기시의 자연 이미지가 내포한 낙원 개념은 그의 시에서 당대의 현실에 대한 부정적인 인식의 준거로 작용하기도 하고, 현실 비판 인식의 틀로 발전하기도 한다. 뿐만 아니라 그것은 시인이 그려내는 이상적인 세계 혹은 천상적인 질서의 핵심 이미지로 작동하기도 한다. 그러므로 그의 시세계를 이해하고 분석하는 과정에서 초기의 자연 이미지를 이해하는 것은 그의 시세계를 이해하는 데 있어서 필수불가결한 요소이다.

그의 초기시에 나타나는 강렬한 이미지들을 시인의 "동경이나 열정"[6], 기독교 사상에 근거를 둔 "미래 지향적 선구자 의식"[7]으로 읽어내면서 많은 논자들은, 현실 세계에 대한 자아의 능동성이나 적극적 의지를 지적한다. 박두진 시인이 현실에 대한 부정적인 인식과 함께 그러한 현실을 넘어서고자 하는 의지를 그러한 이미지들을 통해 강하게 드러내고 있다고 보는 관점이다.

그런데 이런 구절들은 자세히 검토해 보면, 적극적이고 능동적인 속성을 지닌 시어들이 자아의 능동성이나 적극성을 지시하기보다

---

6) 김현자, 513.

7) 김재홍, "혜산 박두진", 『한국현대시인연구』 (서울: 일지사, 1990), 397.

는, 시에서 형상화된 자연을 지칭하고 묘사하기 위해 사용된 것임을 볼 수 있다. 이러한 특징은 그의 초기시에 형상화된 자아를, 적극적이고 능동적인 행위를 하는 존재로 보기 어렵다는 것을 말해 준다.

이러한 자아의 특징적인 존재방식이 지닌 의미와 가치를 기독교적 세계관과 관련하여 분석할 필요가 있다. 박두진의 초기시에서 자연 이미지가 핵심적인 요소가 되어 있다면, 그러한 자연 이미지를 어떤 방식으로 형상화하고 어떤 방식으로 인식하고 있는지를 분석하는 이러한 작업은 그의 시세계를 이해하는 핵심이 된다. 이러한 자아의 존재방식의 특징을 그의 초기시에 한정하여 살펴보고자 한다.

박두진 초기시의 자연 이미지가 지닌 중요한 특징 중의 하나인 낙원 이미지는 이후에 시인이 보여주는 현실 비판 의식의 토대로 작용한다. 낙원에 대한 간절한 소망이 그렇지 못한 현실에 대한 비판 의식으로 발현되기도 하고, 자아가 살아가고 있는 어둡고 부정적인 현실을 뛰어넘어 새로운 세계를 꿈꾸는 자아의 현실초극에 대한 간절한 소망을 드러내는 이미지로 작용하기도 하는 것이다.

이는 이 시기의 자연 이미지가 관념적인 성격을 지니고 있음과 동시에 도덕적인 성격까지 지닌 이상향으로 역할하고 있음을 보여 준다.8) 그의 초기시의 특징을 "비관적 현실인식"과 "미래지향적인

---

8) 박철희, "박두진 시작품의 정체", 『박두진』, 박철희 편 (서울: 서강대학교 출판부, 1996), 231.

낙원 회복의 꿈"이라고 보는 김재홍의 지적9)은 그의 초기시에 나타나는 낙원 이미지가 지닌 이러한 특성을 잘 지적해 준다. 중기시에 나타나는 현실 비판 의식 또한 이러한 낙원 의식의 이면이다. 시집 『오도』나 『거미와 성좌』와 같은 중기시에서 형상화되는 천상과 지상의 선명한 대비10)는 초기시의 낙원 이미지를 현실 속으로 확장한 것이라고 할 수 있다.

뿐만 아니라, 그의 초기시에 형상화된 낙원으로서의 자연 이미지에는 기독교적 세계관이 강하게 영향을 미치고 있는 것이 사실이다. 무엇보다 먼저 그의 초기시에서 긍정적이고 풍성하며 생명력이 넘치는 낙원으로서의 자연 이미지는 성경에 나타나는 회복된 낙원 이미지에서 차용하고 있다. 성경 이사야서에는 회복된 이스라엘이 누리는 낙원 이미지를 그리고 있는데, 여기에서 나타나는 이미지들이 박두진의 초기시의 낙원 이미지를 주도하는 이미지로 사용된다.

박두진의 초기시에서 자연 이미지는 이중적인 속성을 지니고 있다. 자아가 처해 있는 현실적 공간을 지칭하는 어둡고 부정적 자연 이미지와 미래의 어느 시점에서 자아가 누릴 밝고 따뜻한 자연 이미지가 바로 그것이다. 낙원으로서의 자연 이미지는 이 중 미래적 시

---

9) 김재홍, 395-7.

10) 김재홍, 408.

간 개념으로 형상화되는 자연이라는 특징을 지니고 있다.[11] 거기에 주로 사용되는 특징적인 자연 이미지가 성경 이사야서에 나타나는 회복된 낙원으로서의 자연 이미지라는 점에서 기독교적인 세계관과의 연관성을 확인할 수 있다.

자아는 이러한 낙원으로서의 자연을 간절하게 소망하는 존재로 형상화하는데, 이는 어둡고 부정적인 현실 세계 속을 살아갈 수밖에 없는 자아가 그러한 현실을 뛰어넘고자 하는 의지의 발현으로 나타나는 소망, 즉 "낙원 회복의 꿈"[12]이 된다. 그런데 여기서 점검해 보아야 할 점은, 그러한 낙원에 대한 간절한 소망을 지닌 자아가 낙원으로서의 자연을 가져오거나 소유하기 위한 직접적인 행동을 하지는 않는다는 점이다.

오히려 자아가 바라보는 낙원은 미래의 어느 시점에 이미 존재하면서 자아에게 적극적으로 다가오는 존재로 그려지며, 이러한 자연 앞에서 자아는 그러한 낙원을 받아서 누리기를 소망하는 존재로 그려진다. 자연과 자아 사이의 이러한 관계는 자아의 존재방식을 보여주는 매우 중요한 요소가 된다. 이러한 특징은 그의 초기시인 「해」에서 명확하게 드러난다.

---

11) 금동철, "박두진 초기시에 나타난 자연 이미지의 이중성과 그 의미", 91.

12) 김재홍, 408.

해야 솟아라. 해야 솟아라. 맑앟게 씻은 얼굴 고운 해야 솟아라. 산 넘어 산넘어서 어둠을 살라먹고, 산넘어서 밤새 도록 어둠을 살라먹고, 이글 이글 애띤 얼굴 고은 해야 솟아라.

달밤이 싫여, 달밤이 싫여, 눈물같은 골짜기에 달밤이 싫여, 아무도 없는 뜰에 달밤이 나는 싫여……,

해야, 고운 해야. 늬가 오면 늬가사 오면, 나는 나는 청산이 좋아라. 훨훨훨 깃을 치는 청산이 좋아라. 청산이 있으면 홀로래도 좋아라,

사슴을 딿아, 사슴을 딿아, 양지로 양지로 사슴을 딿아 사슴을 만나면 사슴과 놀고,

칡범을 딿아 칡범을 딿아 칡범을 만나면 칡범과 놀고,……

해야, 고운 해야. 해야 솟아라. 꿈이 아니래도 너를 만나면, 꽃도 새도 짐승도 한자리 앉아, 워어이 워어이 모두 불러 한자리 앉아 앳되고 고운 날을 누려 보리라.

- 박두진, 「해」

이 시에서 자아는 "해"가 떠오른 후에 도래할 새로운 자연을 간절하게 소망하는 존재로 형상화되고 있으며, 그 소망의 대상이 되는 자연은 두 가지 속성을 지닌 존재로 이미지화된다. 해가 떠올라 비치기 시작할 때 자연은 밝고 생명력이 넘치는 낙원 이미지로 형상화된다면, 그것이 없는 "달밤"에 자연은 어둡고 외로운 결핍의 이미지로 형상화된다.

여기서 주목해야 할 것 중의 하나는 이러한 두 자연 이미지가 자아가 서 있는 동일한 공간으로서의 자연이라는 점이다. 즉, 자아가 서 있는 공간으로서의 자연이 "해"의 유무에 의해 밝고 생명력이 넘치는 공간이 되기도 하지만 동시에 어둡고 외로운 두려움의 공간이 되기도 한다. 해가 떠오르지 않는 달밤에 만나는 자연 공간이 어두움과 외로움, 두려움이 지배하는 부정적인 결핍의 공간이라면, 해가 떠오른 후에 만나는 자연 공간은 밝음과 환희, 다양한 존재들과의 공존을 통해 누리는 기쁨과 생명의 낙원 공간이라고 할 수 있다.

그의 초기시에는 이러한 두 가지 속성의 자연 이미지가 다양한 시에서 형상화되는 것을 볼 수 있다. 이 두 가지 자연 이미지는 시간적인 속성도 가지고 있다. 자아가 서 있는 현재적 시간에 존재하는 자연은 어둡고 외로운 부정적 자연이라면, 다가올 미래의 어느 시점에서 만날 자연은 밝고 생명력 넘치는 긍정적 이미지가 지배하는 공간이 된다.

그의 시에서 자연은 어둡고 외로운 부정적 자연 이미지로부터 밝고 생명력이 넘치는 긍정적 자연 이미지로 변화하는 특징을 지니는데, 그것을 가능하게 하는 것이 이 시에 형상화된 "해"나 「묘지송」 등에서 보는 "태양"과 같은 빛 계열의 이미지이다. 동일한 자연 세계가 "해"가 비치는 낮이냐 "달"이 비치는 밤이냐에 따라 전혀 이질적인 두 가지 세계로 이미지화된다.

이 중 자아가 강렬하게 소망하는 공간은, '달밤'이 지배하는 부정적 공간이 아니라 '해'가 비치는 밝고 환한 공간이다. 그 세계 속에서 자아는 낙원으로서의 자연을 대면하게 된다. 여기서 자아가 형상화해 내는 낙원 이미지는, 많은 논자들에 의해 밝혀졌듯이, 성경 이사야서에서 사용된 회복된 이스라엘의 낙원 이미지이다.[13] 이 자연 이미지는, 하나님의 심판을 받아 멸망하였다가 다시 하나님의 은혜로 회복된 이스라엘을 표상하는 낙원 이미지로, 이리와 사자 같은 맹수나 독사와 같은 뱀까지도 암소와 같은 초식동물과 함께 어린아이와 즐겁게 뛰노는 공간으로 그려진다.

이러한 낙원으로서의 자연 이미지가 성경에서나 이 시에서 모두 부정적 이미지에서 긍정적 이미지로 전이되고 있다는 사실에 주목할 필요가 있다. 이사야서에서 자연이 하나님의 심판의 대상이 되었

---

13) 성경 이사야 11장 6-8절. "그 때에 이리가 어린 양과 함께 살며 표범이 어린 염소와 함께 누우며 송아지와 어린 사자와 살진 짐승이 함께 있어 어린아이에게 끌리며, 암소와 곰이 함께 먹으며, 그것들의 새끼가 함께 엎드리며 사자가 소처럼 풀을 먹을 것이며, 젖 먹는 아이가 독사의 굴에 손을 넣을 것이라."

을 때에는 파괴와 죽음이 지배하는 공간이 되지만, 하나님의 은혜로 말미암아 회복된 공간은 이러한 밝고 환한 공존의 공간이 되는 것이다. 동일한 방식으로 박두진의 시에서 자연이 "해"의 유무에 따라 낙원으로서의 자연도 되고 결핍으로서의 자연도 되는 것을 볼 수 있다.

이 시에서 부정적 결핍으로서의 자연 공간이 긍정적 낙원으로서의 자연 공간으로 바뀌는 과정은 "해"가 솟아오르는 시간의 변화를 기점으로 한다. 해가 "산넘어서" 솟아오르는 순간 어둡고 외로운 두려움의 공간이 밝고 생명력이 넘치는 낙원으로 탈바꿈한다. 그런데 여기서 주목해야 할 것은 이러한 '해'가 자아와 분리되어 존재하는 사물이라는 점이다. 이 해가 자아와는 상관없이 "어둠을 살라먹고" 산을 넘어 솟아오를 때, 자연 이미지는 이렇게 변화하게 된다. 이 과정에서 자아는 그러한 변화를 간절하게 소망하는 존재이기는 하지만, 해가 솟아오를 수 있도록 하는 어떠한 행위나 역할을 하지는 않는다.

자연 이미지를 어둡고 암울한 공간에서 밝고 희망찬 낙원 공간으로 바꾸어주는 "해"가 이처럼 자아의 행위와는 직접적인 관련이 없다는 점은 중요한 의미를 지닌다. 자아가 그렇게 간절하게 바라는 낙원이 자아와는 무관하게 주어지는 존재라는 점을 말해 주고 있기 때문이다. 이는 낙원으로서의 자연이 자아가 의도적인 행위나 의지를 통해 만들어가는 자연이 아니라, 자아 이외의 존재에 의해 '주어진 낙원'이라는 점을 말해 준다. 오히려 환하게 빛나는 밝은 "해"가

적극적으로 얼굴을 "말갛게" 씻고서 "산 넘어서 밤새도록 어둠을 살라 먹고" 어둡고 외로운 공간에 처해 있는 자아 앞에 나타나는 것이다. 이것은 낙원으로서의 자연이 주도적인 자리에 서 있고, 자아는 오히려 수동적 태도로 서 있음을 말해 준다.

아랫도리 다박솔 깔린 산(山) 넘어 큰 산 그 넘엇 산(山)
안 보이어, 내 마음 둥둥 구름을 타다.

우뚝 솟은 산(山), 묵중히 엎드린 산, 골 골이 장송(長松)
들어섰고, 머루 다랫넝쿨 바위엉서리에 얽혔고, 샅샅이
떡갈나무 억새풀 우거진 데, 너구리, 여우, 사슴, 산(山)토
끼, 오소리, 도마뱀, 능구리등(等) 실로 무수한 짐승을 지
니인,

산(山), 산(山), 산(山)들! 누거만년(累巨萬年) 너희들 침묵
(沈默)이 흠뻑 지리함즉 하매,

산(山)이여! 장차 너희 솟아난 봉우리에, 업드린 마루에,
확 확 치밀어 오를 화염(火焰)을 내 기다려도 좋으랴?

핏내를 잊은 여우 이리 등속이, 사슴 토끼와 더불어 싸릿
순 칡순을 찾아 함께 즐거이 뛰는 날을, 믿고 길이 기다려
도 좋으랴?

- 박두진, 「향현(香峴)」

이 시에서 자아가 간절히 기다리는 미래의 자연 또한 모든 생명
체들이 즐겁게 공존하는 밝고 생명력이 넘치는 공간이라는 이미지
를 지니고 있다. 산을 "장송"이나 "머루 다래 넝쿨", "떡갈나무 으새
풀" 등의 식물들이 우거진 공간에, "너구리, 여우, 사슴, 산토끼, 오
소리, 도마뱀, 능구리등 실로 무수한 짐승"이 살아가고 있는 공간이
라고 형상화함으로써 자아는, 그 공간이 생명력이 가득 찬 공간임을
보여준다.

그 공간에서 "확 확 치밀어오를 화염"은 그러한 생명력의 강렬함
을 강화해주는 역할을 한다. 그래서 이 시의 제목이기도 한 '향기나
는 고개'로서의 "향현"은 유토피아적인 공간이 된다.[14] 뿐만 아니라
그 공간 속에서 살아가고 있는 동물들은 서로를 죽고 죽이는 공격성

---

14) 최승호, "『청록집』에 나타난 생명시학과 근대성 비판", 『서정시의 이데올로기와 수사학』 (서울:
국학자료원, 2002), 23.

을 버리고 "핏내를 잊은" 채 평화롭게 공존하며 즐겁게 살아간다.[15]

이러한 낙원으로서의 자연이 자아의 행위와 상관없이 존재하는 공간이라는 점 또한 여기서 지적될 필요가 있다. 자아가 "둥둥 구름을 타"고 마음의 눈으로 바라볼 때, 그 시야 앞에서 산은 "우뚝 솟은 산, 묵중히 엎드린 산"과 같은 다양한 모양으로 이미 존재하고 있었다.

뿐만 아니라 그 속에는 자아가 인지하기 전부터 이미 다양한 식물과 동물들이 풍성하게 포함되어 있었으며, "화염"과도 같은 넘치는 생명력이 강렬하게 타오르기도 하는 공간이었다. 이러한 세계에서 자아는, 그러한 낙원이 속히 오기를 간절히 소망하기는 하지만, 그 자연을 만들거나 변화시킬 수 있는 행위는 하지 않는다. 간절히 소망하기는 하지만 "둥둥 구름을 타"고 마음의 눈으로 바라보기만 하는 자이다.

이것은 이 시에 형상화된 낙원으로서의 자연이 자아가 창조하거나 만들어낸 낙원이 아니라 주어진 낙원이라는 점을 보여준다. 낙원으로서의 자연을 바라보고 소망하는 자아의 강렬한 의지는 분명히 존재하지만, 그 의지가 낙원으로서의 자연 자체를 만드는 행위나 원인이 되지는 않는다. 그렇다면 그러한 낙원은 자아와는 다른 존재에 의해 만들어진 것이라고 보아야 하며, 자아와는 상관없이 이미 만들

---

15) 이것 또한 성경 이사야서에 나타나는 회복된 낙원으로서의 자연 이미지가 지닌 특징이기도 하다. 이사야 65장 25절. "이리와 어린 양이 함께 먹을 것이며, 사자가 소처럼 짚을 먹을 것이며, 뱀은 흙을 양식으로 삼을 것이니, 나의 성산에서는 해함도 없겠고 상함도 없으리라."

어진 낙원이 자아의 시선에 잡히고, 그렇게 자아에게 주어졌다고 보아야 한다.

"기다려도 좋으랴?"라는 구절은 이러한 자아와 자연 사이의 관계를 더욱 명확하게 보여준다. 낙원으로서의 자연이 자아의 행위의 산물이거나 창조물이라면 자아는 그것을 소망하며 기다릴 필요 없이 적극적으로 그것을 만들어내면 된다. 그러나 이 시에서 자아는 그러한 적극적인 행위를 하는 것이 아니라, 마음의 눈으로 멀리 바라볼 뿐이다. 그러므로 낙원으로서의 자연이 자아의 '기다림'의 대상이 된다는 것은, 그 낙원이 다른 존재가 만들어서 제공하는 '주어진 것'임을 말해 준다.

박두진의 시 「하늘」

그의 시 「하늘」은 이러한 주어진 낙원으로서의 자연이라는 이미지를 더욱 선명하게 보여준다.

하늘이 내게로 온다.
여릿 여릿
머얼리서 온다.

하늘은, 머얼리서 오는 하늘은,
호수처럼 푸르다.

호수처럼 푸른 하늘에,
내가 안긴다. 온 몸이 안긴다.

가슴으로, 가슴으로,
스미어드는 하늘,
향기로운 하늘의 호흡,

따거운 볕,
초가을 햇볕으론
목을 씻고,

나는 하늘을 마신다.
작고 목 말러 마신다.

마시는 하늘에
내가 익는다.
능금처럼 내 마음이 익는다.

- 박두진, 「하늘」

이 시를 분석하는 과정에서 먼저 필요한 것은 "하늘"의 의미를 보다 분명히 하는 것이다. 이 시에서 "하늘"은 자아가 만나는 가장 중요한 시적 대상이 됨과 동시에, 자아와 자연과의 상관관계를 보여주는 매우 중요한 표지가 된다. 박두진의 초기 시세계를 고려하면 "하늘"은 현실의 부정적 자연을 밝고 환한 낙원으로서의 자연으로 바꾸어 주는 '해' 혹은 '빛'이 자리 잡고 있는 공간이다. 해와 빛은 지상 사물들의 이미지를 바꾸어줄 뿐만 아니라 자아의 내면 정서까지 변화시켜 낙원으로 이끌어 주는 변화의 근원으로 작용하는 존재이다. 박두진의 초기시의 특징을 "향일성"[16]이라고 평가하는 중요한 이유도 여기에서 말미암는다. 이 시에서 형상화되고 있는 "하늘"은 이러한 초기시의 핵심 이미지인 '해'나 '빛'이 자리 잡고 있는 공간이다.

그러한 의미에서 "하늘"과 자아 사이에서 이루어지는 역학관계를 정확하게 검토하는 것은 이 시를 분석하는 중요한 출발점이 된다. 이 시에서 하늘은 자아와 분리된 존재이며, 지상에 존재하는 자아와는 다른 천상적 존재로 형상화된다. 그리고 무엇보다 중요한 것은 이러한 하늘이 자아에게 일방적으로 다가오는 존재로 그려진다는 점이다. 시의 첫 구절에서부터 시인은 이러한 다가오는 존재로서의 "하늘" 이미지를 보다 명확하게 형상화한다.

---

16) 김현자, 513; 김응교, 122.

자아가 하늘을 향해 다가가거나 그 하늘을 소유하기 위해 적극적으로 나서서 끌어당기는 것이 아니라, 하늘이 행위와 인식의 주체가 되어 자아에게 다가온다. 그렇게 다가온 하늘에 자아는 포근하게 안기고 그것을 마시며 성숙해 간다. 이처럼 자아와 분리된 존재로서의 하늘이 다가오는 모습은 '주어진 낙원으로서의 자연'이라는 의미를 더욱 선명하게 보여준다.

여기서 반드시 지적되어야 할 것은 이러한 주어진 낙원으로서의 자연 이미지를 대하는 자아의 존재방식이다. 적극성이나 능동성을 지닌 단어들은 자아의 행위를 묘사하기 위해 서술되는 것이 아니라, 대부분 자연을 묘사하기 위해 사용된다.

자아는 이렇게 적극적으로 다가오는 "하늘"에 안기거나 마시거나 하는 존재이며, 이러한 행위들은 자연과의 관계에서 볼 때 적극성이나 능동성으로 읽기는 어렵다. 자아는 그러한 하늘을 만들거나 소유하기 위해 어떤 적극적인 행위를 하는 존재가 아니라, 이미 존재하다가 자아에게 적극적으로 다가오는 하늘을 받아서 누리는 존재가 된다.

받아서 누리는 자아

박두진의 초기시에서 자아는 낙원으로서의 자연을 소유하거나 창조하기 위해 적극적으로 행위하는 존재가 아니라, 주어진 낙원으로서의 자연을 받아서 누리는 존재로 형상화된다. 적극성이나 능동성은 자아가 아니라 자연 이미지를 묘사하는 단어로 기능하고 있으며, 자아는 그러한 자연을 받아서 누리고 있는 존재로 형상화되고 있다. 앞서 살핀 「해」나 「향현」, 「하늘」 등에 공통적으로 나타나는 주어진 낙원으로서의 자연 이미지들에는 이러한 요소가 동일하게 존재한다.

「하늘」에서 그것은 가장 적극적인 형태로 나타난다. 하늘이 먼저 자아에게 다가오며, 자아는 그렇게 다가온 하늘에 스스로를 던져 안기거나 일체화하는 것을 볼 수 있다. 풍성한 생명력을 간직한 낙원으로서의 자연을 그리고 있는 「향현」에서 자아는 이미 존재하는 자연을 마음의 눈으로 바라보고 기다리고 있는 존재이다. 또한 「해」에서도 이러한 관계는 동일하게 작동한다. "산넘어서 어둠을 살라먹고" 솟아나는 적극성을 지닌 동사는 자아가 아니라 "해"를 묘사하기 위한 어휘이며, 자아는 그렇게 다가온 자연을 기다리고 소망하다가 그 속에 들어가 누리는 존재로 그려진다.

이는 그의 초기시에 나타나는 자아가 낙원으로서의 자연을 받아서 누리는 존재로 형상화되어 있음을 말해 준다. 이 자아는 어둡고 외로운 부정적 자연으로부터 밝고 긍정적인 낙원으로서의 자연으로 변화하는 데 있어서 어떤 결정적인 동인을 제공하거나 행위를 하지 않는다. 자연을 변화시키는 동인은 자아의 외부에서 오며, 자아는 그러한 변화를 기대하고 기다리며 받아서 누리는 존재이다.

빛 있으라. 빛이 있으라. 빛 새로 밝아 오면 온 산이 너훌에라. 푸른 잎 나무들 온 산이 너훌에라.

빛 밝은 골짜기에 나는 있어라. 볕 쪼이며 볕 쪼이며, 빛 방석 깔고 앉아 나는 있어라.

홀로 내 앉은자리 풀 새로 돋아나고, 따사한 어깨 위엔 금빛 새 떼 내려 앉고, 온 골, 볕 밝은 골 마다 피빛 장미 피어나면! 나는 울어도 좋아라. 새로 푸른 하늘 아래, 내사 홀로 앉아 울어도 좋아라.

줄줄줄 단 샘물에 가슴이 축고, 빛 고은 산열매사 익어가는데, 아, 여기 작고 짐승의 떼 운다기로, 가시풀 난다기로, 내 어찌, 볕밝은 골을 두고 그늘로야 헤매랴.

- 박두진, 「들려오는 노래 있어」 중에서

이 시에서 밝고 환한 세상으로서의 자연은 마찬가지로 낙원으로서의 자연이라고 할 수 있는 바, 그것은 또한 자아에게는 '주어진 낙원'으로 형상화되고 있다. 자연은 밝은 빛이 환한데, 이러한 빛은 자아의 존재 자체와 상관없이 자연이 소유하고 있던 것이기도 하다. 그 "빛"을 통해 자연은 온통 새롭게 살아나는 풍성한 생명력을 보여준다.

"너울에라"라는 말로 표현되는 이러한 생명력은 "새로 풀이 돋아나고", "금빛 새 떼"가 내려앉을 뿐만 아니라, 장미까지도 환하게 피어나는 자연 이미지로 형상화된다. 이 "빛"은 자아와는 상관없이 자연 자체에 존재하다가 자연의 풍성한 생명력을 불러일으키고, 자아까지도 "그늘"을 벗어나 밝은 세상으로 나아오게 만든다.

이 시에서 자아는 이러한 자연의 변화를 만들어내는 빛을 불러오기 위한 행위를 하지 않고, 그저 제 자리에 앉아 자신의 주위를 둘러싸고 있는 자연과 자아의 변화를 좋아하고 있을 뿐이다. "그늘"로부터 벗어난 "볕밝은 골"은 그러므로 자아가 만들거나 성취하는 어떤 세계가 아니라, "볕"을 통해 자아에게 주어지는 낙원이라는 이미지를 지닌다.

자아는 빛이 지배하는 그러한 세계를 간절하게 바라고 그 속에 살기를 소망하며, 빛을 통해 이루어지는 낙원으로서의 자연을 누리는 존재가 된다. 이것은 자연이 아직도 "짐승의 떼"나 "가시풀"과 같은 부정적인 존재들을 품고 있음에도 불구하고, 그 자연의 풍성함을 누리고 살겠다는 소망의 표현이라고 할 수 있다. 자아는 이러한 낙원으로서의 자연을 불러오는 과정에서 구체적인 행위나 역할을 하지는 않고 있는 바, 주어진 낙원으로서의 자연을 누리는 존재가 되어 있다.

아스므레, 산은, 돌아 열 두 구비, 첩첩 산은, 넘어가면 스무마루……. 산아. 푸른, 엎드렸는 산아. 우뚝 솟아 서서 있는 산아. 봄 돌아, 따뜻한 봄이 돌아, 산 구비마다 골마다 다시 살아 푸른 산아.

자욱히 끼어들던 안개가 걷혀 가면, 양지쪽 땅을 뚫고 푸른 싹이 돋아나고. 파릇 파릇 나뭇잎 새로 피고. 굼실굼실 긔어 나는 떵버러지……. 날러 들어, 우짖이는 새의 소리. 굴속에 쪽쳐있던 짐승들이 나와 뛴다.

산아. 너는 엎드려만 있느냐. 움직움직 몸윗짓도 않느냐. 고개를 빼여들어 바다도 안보느냐. 쿵 쿵 쿵 일어선채 발도 굴러 안보느냐. 밤에도, 별 푸른 한밤에도, 너는, 날 처럼 돌아 누어 울지도 아니하고, 날 처럼 몸부림 쳐 흐느끼도 아니하고. ……

산아. 늬가 일어 수런대면, 나는, 이대로 오오래, 서서 자도 좋아라. 늬가 일어 소릴 치면, 나는 바위처럼 오오래 앉아 자도 좋아라.

아스므레, 산은, 돌아 열 두 구비, 첩첩 산은, 넘어 가면 스무마루.…… 산아. 너는, 나로, 산을 넘어, 맨발로 홅여 넘어, 달리게 하라. 덩 덩 덩 벗은 발로 달리게 하라.

— 박두진, 「산아」 중에서

이 시에서 자아는 "산"의 이미지를 통해 새로운 세상을 꿈꾼다. 자아가 바라보고 있는 현재의 산은, "엎드려만 있는" 산이라는 이미지가 말해 주듯이 정체되고 딱딱하게 굳어 있는 존재이다. 그러한 산에 봄이 오는 순간 그 산은 "다시 살아" 풍성한 생명력을 강렬하게 뿜어내며, "푸른 산"이 되는데, "푸른 싹"이 돋아나고, "파릇한 나뭇잎 새로 피고", 땅버러지들이 기어가며 새소리가 들리고 짐승들이 뛰어다니는 풍성한 생명력으로 가득 찬 공간이 된다.

미래의 어느 순간에 보일 이러한 변화된 자연을 가능하게 하는 것은 자아가 아니라 "봄"이라는 점은, 그러한 낙원으로서의 자연 이미지가 자아에게는 '주어진 낙원'으로 작동하고 있음을 보여주는 것이라고 하겠다. 자아는 여기서 산의 밝고 생명력 넘치는 날을 위해 울고 몸부림치며 흐느끼고 있지만, 그것이 산의 깨어남을 직접적으로 불러오는 행위가 되지는 않는다. 오히려 봄의 도래로 깨어난 자연의 풍성한 생명력을 느끼고, 그러한 자연의 변화를 온몸으로 누리는 존재로 형상화된다.

주어진 낙원으로서의 자연을 받아서 누리는 자아의 또 다른 모습 중의 하나는 기다리는 존재로서의 자아이다. 시 「향현」에서 후렴구처럼 반복되던 "내 기다려도 좋으랴?"라는 구절이 보여주는 바와 같은 '기다림'의 자세는 자아의 존재방식을 말해 주는 또 하나의 표지이기도 하다. 기다린다는 것은 무언가를 받을 것을 기대하는 행위인 바, 이는 또한 그것을 받을 사람이 주어질 대상에 직접적으로 관여하지 못하는 상황을 상정해야 하는 행위이기도 하다. 자아가 간절한 소망을 품고 낙원을 기다리고 있다는 말은, 그래서 도래할 낙원이 자아의 행위와는 상관없이 주어지는 존재로 형상화되고 있다는 점을 보여준다.

앞서 살핀 바와 같이 이 시기의 시에서 자아는, 자연이 낙원으로 변하여 풍성한 생명력을 지닌 존재가 되기를 간절히 기다리기는 하지만, 그러한 변화의 과정에 직접적인 영향력을 행사하지는 못하고 있으며, 오직 그렇게 주어진 자연을 즐기고 누리는 존재이다. 시 「해」에서도 이러한 기다리는 존재로서의 자아의 존재방식이 여실히 드러난다. 어둡고 암울한 "달밤"의 세계를 벗어나 "해"가 비치는 순간 열리게 될 밝고 환한 세계를 간절히 기다리면서도, 그러한 세계를 불러오기 위한 구체적인 행위는 하지 않는다.

주어진 낙원으로 자연을 이미지화하고 그것을 받아서 누리는 존재로 자아를 위치시키는 이러한 관점은 기독교에서 말하는 구원의 개념과 구조적으로 흡사하다. 기독교적 관점에서 볼 때 구원은 예수 그리스도의 십자가를 통해 얻는 하나님의 선물이다. 전적으로 타락한 인간은 스스로의 능력으로는 구원에 이를 수 없지만, 오직 예수 그리스도를 믿는 믿음으로 말미암아 얻게 되는 선물이다. 낙원으로서의 자연이 자아의 능력이나 노력을 통해 만들거나 창조되는 것이 아니라 타자에 의해 주어지며 자아는 그것을 받아 누리는 존재라는 박두진의 초기시에 나타나는 인식론적 구조는, 그러므로 기독교적 구원의 과정과 흡사하다.

박두진 초기시의 자아가 보여주는 '받아서 누리는 존재'로서의 이러한 존재방식은 그의 초기시에 형상화된 유토피아 혹은 낙원의 이미지가 지닌 기독교적 세계관과 상당한 연관관계를 형성하고 있다. 여기서 우선 살펴보아야 할 것은 낙원이 지닌 의미망이다. 이 낙원이 현실을 살아가는 인간이 지닌 고난이나 고통을 극복한 세계라면, 그것은 일제강점기와 해방공간의 혼란스러움과 힘겨운 삶의 현실을 여실히 경험한 시인이 자신의 내면에서 발견하는 현실초극적인 '낙원'임이 분명하다. 그것은 또한 자아의 소망을 그려낸 것이라고 할 수 있는 것이다. 그리고 시인은 그 소망을 기독교적인 이미지들로 가득 채워놓는다.

기독교적 관점에서 인간이 낙원을 바라보고 그것을 소망하는 것은 구원의 과정과 동일시된다. 그 낙원이 성경에서 말하는 에덴의 회복이든 박두진이 그의 초기시에서 주로 활용한 이사야서에 나타나는 회복된 낙원 이미지이든, 그러한 낙원을 꿈꾸고 그 세계 속으로 들어가는 것은 죄에 빠진 인간이 처할 수밖에 없는 타락한 현실로부터의 구원과 흡사한 구조가 된다.

시인은 그것을 주어진 낙원으로서의 자연 이미지로 형상화하고 있다. 자연은 어둡고 외로운 부정적 공간에서 밝고 환한 "햇빛"으로 가득 찬 생명의 공간이 되며, 그 속에서 살아가는 여러 생명들은 투쟁과 파괴, 살육이라는 현실적인 속성으로부터 벗어나 자아와 함께 공존하는 낙원의 구성요소가 된다. 이러한 낙원으로 들어가는 것은 그러므로 고통스러운 현실 세계에 처한 자아에게는 그 현실을 초극할 수 있는 구원의 세계로 들어가는 것과 동일하게 생각된다.

이러한 과정에서 자아는 능동적이고 적극적인 존재가 되는 것이 아니라 주어진 낙원으로서의 자연을 받아서 누리는 존재가 된다. 그 낙원은 "해"와 "빛"과 같은 외적인 존재에 의해 만들어져서 자아에게 주어지며, 그 과정에서 적극적이고 능동적인 행위를 나타내는 어휘들도 자연을 묘사하고 서술하는 데 주로 사용된다.

기독교적인 구원의 개념을 이해하기 위해서는 성경에서 말하는 인간이 어떠한 존재인지를 인식하는 것이 반드시 필요하다. 성경에서 말하는 인간은 본질적으로 하나님의 형상을 닮은 선한 존재로 창조되었지만,[17] 자신의 창조자 하나님을 배신하고 죄를 지음으로 말미암아 전적으로 타락하여, 스스로의 힘으로는 도무지 구원에 도달할 수 없는 존재가 되어버렸다.[18]

바울은 이러한 인간의 본질을 스스로의 능력이나 힘으로는 결코

---

17) 루이스 벌코프, 『조직신학』, 권수경, 이상원 역 (서울: 크리스챤 다이제스트, 2002), 419.

18) 성경이 말하고 있는 이러한 전적 타락이라는 인간관은 16세기 종교개혁 시대 이후 개신교 신학의 가장 중요한 영역을 차지한다. 대표적인 종교개혁자들 중의 한 사람으로 프로테스탄트 신학을 완성한 존 칼빈은 그의 저서에서 이러한 인간 존재의 본질을 자신의 창조주로서의 하나님을 배반하고 전적으로 타락한 죄인이라고 설명하며, 그래서 스스로의 힘으로는 절대 구원에 이를 수 없는 존재라고 설명하고 있다. 존 칼빈, 『기독교 강요』, 김종흡 외역, (서울: 생명의 말씀사, 1989), 참조.

"하나님의 영광에 이르지 못"[19]하는 존재로 규정짓는다. 이 세상을 사는 모든 인간은, 자신을 창조한 하나님 앞에서 죄를 범하였기 때문에 의인이 아니라 죄인이며, 스스로 깨우쳐 하나님을 찾을 수 있는 자도 없다고 말하고 있다. 기독교적 관점에서 볼 때 인간은 스스로 구원의 과정을 결코 완성할 수 없는 존재이다. 자신의 창조자 하나님에 대한 배신, 즉 불순종이 인간의 전 영역을 오염시켜 전적으로 타락하게 만들었고,[20] 그래서 인간이 스스로를 구원하여 낙원에 이를 수 있는 가능성 자체가 없어져버렸다.

그럼에도 불구하고 인간은 고통과 절망으로 가득한 현실을 극복하고 낙원에 이르고자 하는 소망을 본질적으로 지닌 존재이다. 인간 스스로 이러한 구원의 가능성을 찾을 수 없다면 그것은 인간 외부로부터 와야 하는데, 성경은 그 길을 예수 그리스도의 십자가의 은혜로 제시한다.[21] 예수 그리스도만이 인간을 구원에 이르게 할 수 있는데, 그것이 바로 하나님의 은혜이다. 이 과정에서 무엇보다 중요한 것은 예수 그리스도를 통한 구원에 이르는 과정 전체가 온전히 하나님의 선물이라는 점이다. 그래서 전통적인 복음주의적 신학

---

19) 로마서 3장 23절. "모든 사람이 죄를 범하였으매 하나님의 영광에 이르지 못하더니"

20) 존 칼빈, 377.

21) 로마서 3장 24절. "그리스도 예수 안에 있는 속량으로 말미암아 하나님의 은혜로 값없이 의롭다 하심을 얻은 자 되었느니라". 그리스도 예수로 말미암아 인간이 의로운 존재, 즉 창조주 하나님과의 관계를 회복한 의인이 될 수 있다는 것이다.

에서 이 구원에 이르는 과정을 '하나님의 주권적 은혜'라고 설명한다.[22]

이러한 관점에서 볼 때 전적인 하나님의 은혜로 이루어지는 기독교적 구원의 과정은 박두진의 초기시에 형상화된 자연과 자아의 존재방식과 흡사한 것임을 알 수 있다. 박두진의 시에 형상화된 자아의 존재방식은 이러한 의미에서 기독교적 세계관과 만난다. 그의 시에서 자아는 낙원으로서의 자연을 소유하기를 간절히 소망하지만, 그 과정을 능동적이고 주체적으로 만들어 가기보다는 자신에게 다가오는 자연을 바라고 기다리거나 받아서 누리는 존재로 자리 잡고 있을 뿐이다.

뿐만 아니라 자아 외적인 존재로부터 오는 힘에 의해 자연이 낙원으로 변한다는 점은 기독교적 구원의 과정과 연결하여 이해할 때 중요한 의미를 지닌다. 어둡고 암담한 자연이 밝고 희망차며 생명력으로 가득한 낙원 이미지를 지니게 되는 과정이, 자아의 의지나 노력이 아니라 전적으로 "해"나 "빛"과 같은 천상적 존재에 의한 것이라면, 그것은 인간의 구원이 전적으로 하나님의 주권적 은혜라는 기독교적 구원론과 일치하고 있다. 그러한 변화의 과정 속에서 자아는

---

22) 안토니 A. 후크마, 『개혁주의 구원론』, 류호준 역 (서울: 기독교문서선교회, 1993), 12. 전적으로 타락하여 죽음에 이를 수밖에 없는 존재인 인간을 다시 살리는 구원의 길은 오직 인간의 죄를 대신하여 십자가에 달려 죽었다가 부활한 예수 그리스도를 믿는 믿음으로만 가능하며, 이 과정은 인간이 만들어 가는 것이 아니라 오직 하나님이 전적으로 베푸시는 주권적인 은혜라는 것이다.

적극적이고 능동적인 역할을 하는 것이 아니라 그저 그것을 누리는 존재로 형상화된다. 이런 태도는 기독교적 구원론에서 보여주는 인간의 역할과 유사하다.

박두진의 초기시에 형상화된 자연 이미지는 어둡고 외로운 부정적 이미지와 밝고 생명력 넘치는 긍정적 이미지가 함께 공존하는데, 현재의 자아가 경험하는 부정적 자연 이미지로부터 미래의 자아가 누리는 긍정적 자연 이미지로 전이하는 것을 확인할 수 있다. 자아가 간절한 소망을 담아 형상화하는 미래의 자연 이미지는 현실의 어둡고 외로운 자연 이미지를 초극한 밝고 희망찬 낙원 이미지로 형상화되는데, 이러한 자연은 자아의 적극적이고 능동적인 행위를 통해 획득되거나 만들어지는 존재가 아니다. 하늘로부터 오는 은총이 그러한 변화의 에너지를 소유하여, '해'나 '빛'과 같은 모습으로 자연을 변화시킨다.

낙원으로서의 자연은 그러므로 '주어진 낙원'으로 형상화된다. 자아는 이러한 자리에서 적극적이고 능동적인 행위를 하는 존재가 아니라, 자신에게 주어진 낙원으로서의 자연을 '받아서 누리는 존재'로 형상화된다. 그의 초기시에서 자아는 부정적 자연 이미지에서 긍정적 자연 이미지로의 전이를 적극적으로 주도하거나 그것을 위해 의지를 불태우는 존재가 아니다.

받아 누리는 존재로서의 자아의 존재방식은 기독교적인 세계관과 긴밀하게 결합되어 있다. 박두진의 초기시에 형상화된 낙원 이미지가 기독교적인 낙원 이미지를 적극 활용하고 있다는 점에서 그의 시세계가 기독교적인 세계관에 기초하고 있음을 알 수 있기도 하지만, 주어진 낙원을 받아 누리는 이러한 자아의 존재방식은 더욱 심층적인 차원에서 기독교적 세계관과의 상관성을 보여준다. 그것은 죄악으로 말미암아 전적으로 타락한 인간이 스스로 구원에 이를 가능성이 전혀 없지만, 예수 그리스도의 십자가를 통해 나타난 하나님의 은혜를 온전히 믿음으로써만 구원에 이른다는 기독교적 구원 교리의 구조와 유사함을 알 수 있다.

　　박두진 시에 나타나는 이러한 자아의 존재방식을 정확하게 이해하는 것은 그의 시세계를 이해하는 핵심적인 요소 중의 하나가 된다. 그리고 이를 통해 기독교적 서정시에서 자아가 어떤 방식으로 존재하는지를 알아볼 수 있다. 자아는 수동적인 모습으로 하나님의 은총으로 주어지는 낙원을 받아서 누리는 자이다.

김인섭 편. 『김현승 시 전집』. 서울: 민음사, 2005.

조태일 편. 『김현승 전집 2 – 산문』. 서울: 시인사, 1985.

박두진. 『박두진 전집』(1–10권). 서울: 범조사, 1982.

이남호 편. 『박목월 시 전집』. 서울: 민음사, 2003.

정지용. 『정지용 전집 1–시』. 서울: 민음사, 1988.

정지용. 『정지용 전집 2–산문』. 서울: 민음사, 1988.

강영안. 『자연과 자유 사이』. 서울: 문예출판사, 1998.

금동철. 『김현승의 시세계와 기독교적 상상력』. 서울: 연암사, 2015.

금동철. "김현승 시의 '고독'과 은유의 수사학". 『우리말글』 제21집(2001. 8).

금동철. "박두진 시에 나타난 '예수 그리스도像' 연구". 『ACTS 신학과 선교』 제13호
  (2012).

금동철. 「박목월 시에 나타난 기독교적 자연관 연구」. 『우리말글』 제32집(2004).

금동철. "정지용 시론의 수사학적 연구". 『한국시학연구』 제4호(2001).

금동철. "한국 현대시에 나타난 기독교적 자연관". 『한국현대문학 연구』 제19집(2006).

김경수 외. 『동서양 문학에 나타난 자연관』. 서울: 보고사, 2005.

김신정. 『정지용 문학의 현대성』. 서울: 소명출판, 2000.

김옥성. 『현대시의 신비주의와 종교적 미학』. 서울: 국학자료원, 2007.

김응교. 『박두진의 상상력 연구』. 박이정, 2004.

김인섭. 『김현승 시의 상징체계 연구』. 서울: 보고사, 1999.

김재홍.『한국현대시인연구』. 일지사, 1990.

김학동 외.『정지용 연구』. 서울: 새문사, 1988.

김학동.『정지용 연구』. 서울: 민음사, 1987.

김학동.『현대시인연구 1』. 서울: 새문사, 1995.

김현 편.『장르의 이론』. 서울: 문학과 지성사, 1987.

김용직 외.『한국현대시사연구』. 서울: 일지사, 1993.

김형필.『박목월 시 연구』. 서울: 이우출판사, 1988.

던, 제임스.『로마서 주석』. 김철 외역. 서울: 솔로몬, 2005.

람핑, 디이터.『서정시 : 이론과 역사』. 장영태 역. 서울: 문학과지성사, 1994.

래드, G. E.『신약신학』. 신성종, 이한수 역. 서울: 대한기독교서회, 2002.

래드, G. E.『예수와 하나님의 나라』. 이태훈 역. 서울: 엠마오, 1985.

이승하 편저.『김현승』. 서울: 새미, 2006.

박현수 편.『박목월』. 서울: 새미, 2002.

벌코프, 루이스.『조직신학』. 권수경 외역. 서울: 크리스챤다이제스트, 2002.

사이어, 제임스.『기독교 세계관과 현대사상』. 김헌수 역. 서울: 한국기독학생회출판부,
        1985.

손진은.『현대시의 미적 인식과 형상화방식 연구』. 서울: 월인, 2003

숭실어문학회 편.『다형 김현승 연구』. 서울: 보고사, 1996.

슈타이거, E.『시학의 근본개념』. 서울: 삼중당, 1978.

스토트, 존.『로마서 강해』. 정옥배 역. 서울: 한국기독학생회 출판부, 1996.

신익호.『기독교와 한국 현대시』. 한남대학교출판부, 1988.

아리스토텔레스.『시학』. 천병희 역. 서울: 문예출판사, 1990.

오세영.『한국 현대 시인 연구』. 서울: 월인, 2003.

유성호.『근대시의 모더니티와 종교적 상상력』. 서울: 소명출판사, 2008.

이숭원.『20세기 한국 시인론』. 서울: 국학자료원, 1997.

이숭원.『정지용 시의 심층적 탐구』. 서울: 태학사, 1999.

이숭원 편저.『정지용』. 서울: 문학세계사, 1996.

이승하 편저.『김현승』. 서울: 새미, 2006.

임영주.『박두진의 생애와 사상』. 서울: 국학자료원, 2003.

최동호.『하나의 도에 이르는 시학』. 서울: 고려대학교 출판부, 1997.

최동호 외.『다시 읽는 정지용 시』. 서울: 월인, 2003.

최승호.『서정시의 이데올로기와 수사학』. 서울: 국학자료원, 2002.

최승호.『한국 현대시와 동양적 생명사상』. 서울: 다운샘, 1995.

최승호 편.『21세기 문학의 동양시학적 모색』. 서울: 새미, 2001.

칼빈, 존.『기독교 강요』. 김종흡 외역. 서울: 생명의말씀사, 1989.

한양문학회 편.『목월문학탐구』. 서울: 민족문화사, 1983.

후크마, 안토니 A.『개혁주의 인간론』. 류호준 역. 서울: 기독교문서선교회, 1999.

히버트, 폴.『21세기 선교와 세계관의 변화』. 홍병룡 역. 서울: 복있는사람, 2010.